BANKIER VAN DE DOOD

Stephan Molier

Tweede druk, 2018

Redactie: Tjerk Noordraven
Eindredactie: Roelof Broekman
Fotografie en ontwerp: Siciliani Texel

ISBN 978 90 828 1480 4
NUR 301

www.greatscheme.nl

De eerste dag

In het begin schiep God vraag en aanbod. Het aanbod was nog woest en doods, en ruilhandel lag over de producten, maar Gods geest zweefde over het betalingsverkeer.

God zei: 'Er moet geld komen', en er was geld. God zag dat het geld goed was en scheidde het geld van de ruilhandel. Het geld noemde hij rijkdom, de ruilhandel noemde hij armoede.

Het werd avond en het werd morgen.

De eerste dag.

Proloog

Er klonken twee schoten door de lobby van het bankgebouw. Ik keek door het raam naar binnen en kon me niet meer bewegen.

James rende met een jonge vrouw aan zijn hand in de richting van de uitgang toen ik een derde schot hoorde. Hij deed een poging om haar op te vangen, maar kon niet voorkomen dat ze voorwaarts tegen de vloer viel. James probeerde zijn evenwicht te bewaren, maar zakte door zijn benen.

'We kunnen hier niet blijven,' fluisterde James tegen de hevig bloedende vrouw.

De man met het wapen kwam langzaam dichterbij.

'Jullie hadden niet moeten rennen,' zei hij ijzig.

'Ik heb een huis waar we kunnen wonen...' sprak James.

'Ik weet dat ik haar niet kan hebben.'

'...En daar zullen we gelukkig zijn.'

'Maar je zult nooit mijn zegen krijgen.'

De man met het wapen stond nu vier meter bij James vandaan. Hij keek strak voor zich uit en had een destructieve blik in zijn ogen. De man richtte het wapen op James en kneep zijn vingers samen. Het pistool bulderde.

Ik zag dat er vuur uit de loop kwam. In een flits zag ik de kogel op zijn rug af vliegen. De kogel vloog langs zijn ruggengraat en kwam via een van zijn longen door zijn borstbeen weer naar buiten. James smakte op het marmer. Zijn bloed stroomde over de vloer.

De vijfenvijftigjarige man die daar in die plas bloed naar adem snakte, was de vader voor mij die ik nooit heb gehad. Mijn biologische vader was een alcoholist die regelmatig jonge meiden misbruikte. Als kind liet hij me toekijken hoe hij seks had met een andere vrouw dan mijn moeder. Ik was tien jaar oud en zag voor mijn ogen dat een jong meisje met geweld door mijn vader werd verkracht. Hij zei dat hij dit moest doen omdat ik zwak was en hij een echte man van me wilde maken.

Net als twintig jaar geleden voelde ik nu ook mijn lichaam niet meer. Vanbinnen was ik helemaal leeg. Het was alsof ik in de lucht zweefde en mezelf voor het bankgebouw kon zien staan.

De Nieuwe Wereld in Londen vormde de centrale bank van een globale economie. Dit hoogste gebouw van de stad was enkele jaren geleden in gebruik genomen, maar de van oorsprong Amerikaanse onderneming bestond al eeuwen. De wolkenkrabber had de vorm van een obelisk en op het dak een piramide met het logo van de bank. Het was een gouden uil met een bril die vriendelijk over de metropool uitkeek. In de nacht werd het licht van de maan weerkaatst door zijn grote ogen. Het beton op de voorgevel bestond uit duizenden driehoeken die me deden denken aan de schubben van een slang.

Ik keek naar mezelf die machteloos voor de glazen entree van het gebouw stond. Door het raam heen zag ik de lobby, waar zich een informatiebalie bevond waar geen einde aan kwam. Het marmer op de vloer kwam samen bij de afbeelding van een pentagram in het midden van de ruimte. Een spoor van bloed leidde naar James die op de grond lag. Met zijn laatste kracht draaide hij zijn hoofd naar het blonde meisje naast hem. Hij staarde naar haar vaalbleke huid. Een laatste keer wist hij het beeld van haar op zijn netvlies te vangen door zijn ogen wijd te openen.

'Vertel me wat je ziet, James,' riep de schutter bezeten, die nog altijd met het wapen in zijn hand stond.

Op hetzelfde moment zag ik tot mijn verbazing een engel die

door het plafond naar beneden kwam. Ik dacht haar te herkennen uit de verhalen die ik had gehoord over de moeder van James. Ze had wit haar en het gezicht van een klassieke schoonheid. Ze zweefde over de begane grond naar de man die met het pistool in zijn handen stond. Eén blik van haar was genoeg om hem door zijn benen te laten zakken en met zijn knieën tegen het marmer te laten vallen. De man sloot zijn ogen, bracht de loop van het pistool tegen zijn slaap en haalde de trekker over. Zijn hersenen spatten in het rond en hij viel zijwaarts in een plas met bloed.

De engel draaide zich om in de richting van de jonge vrouw die naast James op de vloer lag. Ze bleef een moment boven het meisje zweven, waarna haar geest het lichaam verliet. Ik zag dat er nu twee engelen waren die zó veel op elkaar leken dat ze bijna identiek waren. Ze keken elkaar in de ogen, pakten elkaar bij de hand en kwamen vervolgens recht op me af. De twee gingen door het glas waar ik voor stond, waarna er een witte vlek voor mijn ogen verscheen.

1

Vrijdag 1 april
20.00 uur

De wekelijkse aandeelhoudersvergadering vond zoals altijd plaats op de bovenste verdieping van het bankgebouw. De ontvangsthal bevond zich tussen vier kantoren die allemaal even groot waren. Tegenover het portaal van de lift waren twee hoge ramen waardoor een zee van zonlicht naar binnen viel. Omdat de ramen half open stonden waaide er altijd een koude bries over de etage. In het midden van de ruimte, recht onder het plafond van goud, stond een ronde speeltafel. Het licht weerkaatste op het zwarte marmer van de tafel, wat me deed denken aan de pupil van het boze oog. Iedere vrijdagavond speelden de aandeelhouders monopolie met echt geld en ik was de bank die het spel mocht overzien.

James pakte de dobbelstenen van tafel en liet deze met een beweging van zijn hand over het marmer rollen.

'Twee maal vijf,' sprak James opgelucht.

'Je mag tien stappen zetten,' vulde ik hem aan.

'Acht, negen en tien.'

'Je staat op Mayfair.'

'En hoeveel kost het?'

'Vijfhonderdduizend.'

De kruiwagen van plastic mocht de gevangenis verlaten en had de duurste wijk van de hoofdstad bereikt. James telde het geld bij elkaar en schoof een half miljoen pond in mijn richting. Ik liet de stapel contanten in de kassa verdwijnen en gaf hem de speelkaart.

James zakte onderuit tegen de leuning van de bureaustoel en nipte aan zijn whisky. Hij had nu een monopolie op de straten van het bordspel en zijn groene ogen straalden.

Donald Smith leunde met zijn zware lichaam naar voren waardoor het leer van de bureaustoel kraakte. Hij drukte zijn kin naar beneden waarmee de kale plek tussen het rode haar op zijn hoofd zichtbaar werd. Terwijl hij iets onhoorbaars mompelde greep hij naar de dobbelstenen en liet deze over het karton rollen.

'Twee plus drie is…' fluisterde Donald terwijl hij naar mij keek voor het antwoord op de rekensom.

'Je mag vijf stappen zetten,' zei ik tegen hem.

'Een, twee, drie, vier en vijf.'

'Je staat op de superbelasting.'

'Hoeveel moet ik betalen?'

'Tweehonderdduizend pond.'

Donald schoof het resterende geld dat voor hem op tafel lag in mijn richting. Er was minder dan honderdduizend pond over van het miljoen waar hij mee was gestart. Zelfs de verkoop van bezittingen had hem nu niet meer van een faillissement kunnen redden.

'Het is helaas niet genoeg,' verklaarde ik.

Donald voelde zich altijd minder waard dan anderen. Door zijn negatieve zelfbeeld had hij vreetbuien die resulteerden in het overgewicht dat hij met zich mee droeg. Het was een gewoonte die hij had opgepikt toen de internetbubbel in het jaar 2000 uiteenspatte. Het faillissement van zijn dotcombedrijf aan de andere kant van de oceaan was de eerste tegenslag in zijn leven. Hij was veertig jaar oud en had de hulp van zijn rijke familie nodig gehad om een nieuwe baan te kunnen vinden in de hoofdstad.

'Ik werk wel voor mijn geld,' zei Donald, waarna hij zijn speelkaarten op de tafel wierp.

‘Wat doe je hier dan nog?’ vroeg Thomas Jensen, die aan de overkant van de tafel zat.

‘Je bent maar een geldwolf,’ riep Donald toen hij zijn stoel met kracht naar achteren schoof.

‘En jij bent een mak schaap.’

‘Laten we geen ruzie maken,’ verzuchtte James.

‘Ik kan hier echt van genieten,’ zei Thomas toen hij Donald naar zijn werkkamer zag vertrekken.

Hij bracht het glas whisky naar zijn mond, kneep zijn ogen dicht en snoof de rokerige geur op.

Thomas Jensen was een van de rijkste bankiers die in het zakendistrict werkzaam was. De man van vijfenvijftig kwam uit een welvarende familie en was de zoon van een bekende zakenman. Op zijn vijfentwintigste had hij zijn studie economie afgerond. Thomas en James waren naast studiegenoten op de universiteit ook altijd elkaars concurrenten geweest. Het was vooral een strijd die door Thomas werd gevoerd omdat hij vond dat James niet zakelijk genoeg was. Het blonde haar van Thomas zat altijd strak in model, net als het baardje dat rond zijn mond liep. De blauwe ogen keken met een dominante, bijna agressieve blik door de ruimte. Onder het Italiaanse maatpak schuilde een krachtig lichaam dat hij dagelijks verzorgde in de sportschool. De glanzende schoenen die onder zijn pantalon uitstaken waren extravagant en een uiting van zijn persoonlijkheid. Het was een man die graag gezien wilde worden door andere mensen.

Thomas nam een slok van de whisky en greep daarna de dobbelstenen van tafel. Hij liet de stenen over het karton rollen, waarna er twaalf ogen naar boven keken.

‘Twee maal zes!’ riep hij uitgelaten.

‘Je mag twaalf stappen zetten,’ vertelde ik.

‘Tien, elf en twaalf.’

'Je staat op Mayfair.'

De plastic kater van Thomas was zojuist op het vakje van de duurste wijk op het bord aangekomen.

'Noem maar een prijs,' zuchtte hij.

'Een miljoen pond,' sprak James die naar de achterkant van de speelkaart staarde.

'Het is niet waar,' zei Thomas die naar achter leunde en met zijn handen op de tafel sloeg.

'Dat is wat hier staat.'

James haalde zijn schouders op en leek zich te willen verontschuldigen voor de overwinning. Hij keek met verbazing naar de emoties die bij zijn rivaal waren opgekomen. Thomas raapte zijn stapels geld bij elkaar en wierp het fortuin in de lucht. De bundels met briefjes van honderd pond kwamen allen met een klap op het bordspel terecht.

'Je kunt nu een vrouw kopen,' mompelde Thomas die met een teug de whisky uit het glas dronk. Daarna schoof hij zijn stoel naar achter en verliet de ontvangsthal.

2

De kwetsbare jaren van mijn verwarrende jeugd bracht ik door in een buitenwijk van Newcastle. Een vervallen stad in het noordoosten van Engeland, bekend vanwege de neerslachtigheid van de mensen. Het einde van de industriële revolutie betekende immers het begin van de grote depressie.

'Als je boos op me bent, dan moet je bedenken dat ik niet dezelfde mogelijkheden heb gehad als jij, Nick,' zei mijn vader toen hij mijn kinderkamer binnenkwam.

Ik was die ochtend twaalf jaar geworden en mijn cadeau was de inschrijving voor een militair internaat in Schotland. Mijn ouders hadden al een week ruzie over de beslissing die mijn vader had genomen en op mijn verjaardag was het kookpunt bereikt. Het geluid van de regen tegen het dak overstemde nauwelijks het gehuil van mijn moeder op de overloop. Ze had zoals altijd een blauw oog of een gescheurde lip overgehouden aan de losse handen van mijn vader. De mensen van de kerk die ze dagelijks bezocht waren allang niet meer onder de indruk van haar 'ongelukken'. Het was de pastoor die haar het advies had gegeven om vergeving te vragen voor de fouten van mijn vader.

Ik stond voor het ronde venster en keek door het raam naar het grauwe landschap. Door een scheur in het plafond kwam het regenwater naar binnen en vormde een plas op het laminaat. Vanwege mijn moeder was ik ervan overtuigd dat de Schepper verantwoordelijk was voor de lekkage om me te straffen voor mijn lafheid. Mijn vader huilde nu ook en liep in de richting van het venster waar ik voor stond. Hij sloeg zijn armen om me heen, waardoor ik de alcohol in zijn adem kon ruiken. Hij drukte zich stevig tegen me aan terwijl het bloed op zijn handen een vlek op mijn T-shirt maakte.

De jaren als tiener op het internaat in Schotland trokken aan me voorbij zoals mijn kinderjaren. Op mijn drieëntwintigste verhuisde ik naar Londen om te gaan studeren aan de Military Academy. Het was de wens van mijn vader dat ik net zoals hij op een dag in het leger zou dienen. Toen ik na het eerste jaar zowel fysiek als mentaal werd afgekeurd moest ik de opleiding verlaten en was de droom van mijn vader kapotgeslagen. De teleurstelling had de band tussen vader en zoon compleet verwoest en hij vond dat ik een schande was voor de familie.

Ik was daarom begonnen met een studie economie aan de universiteit van Londen. Het was niet de middelmatige begaafdheid voor het interpreteren van wiskundige formules die me hier bracht. De belangrijkste motivatie om de opleiding te volgen was om in de hoofdstad te kunnen blijven wonen. Daarnaast zou het werk in de financiële sector het gebrek aan liefde van mijn ouders kunnen opvullen met het geld van een jaarlijkse bonus. Terwijl ik fantaseerde over een baan in het zakendistrict ontmoette ik Lucy Wilson. Ze studeerde net als ik economie op de universiteit. Als dochter van een voormalig bankier waren de examens voor haar niets anders dan geënsceneerde formaliteiten. Lucy was de enige persoon die ik had in een periode van eenzaamheid. Ze werd al snel verliefd op mij en ik dacht dat ik ook gevoelens voor haar had. Door de relatie met Lucy was ik niet meer alleen en zo kon ik de schaduwzijde van haar binnenwereld negeren. De arts die haar behandelde constateerde een bipolaire stoornis in een atypische vorm. In de weken na de diagnose werden de stemmingswisselingen regelmatiger en raakte ze geobsedeerd door de gedachte dat ik haar zou verlaten. Ik wilde dit thema voorgoed het zwijgen opleggen en besloot haar ten huwelijk te vragen. Lucy had me verteld dat haar vader geen bankier meer was en al zijn geld had verloren, maar hij stond erop om de bruiloft te organiseren. Ik begreep niet hoe hij aan het geld kwam voor de bruiloft, maar ik had geen vragen gesteld. Het was blijkbaar heel belangrijk voor Paul en dus liet ik hem zijn gang gaan. Hij had een trouwlocatie uitgezocht, de mensen uitgenodigd en voor eten en drinken gezorgd. Later bleek dat hij zijn ex-collega's van de bank had uitgenodigd die hij blijkbaar nog als vrienden zag.

Mijn moeder was heel blij dat de ceremonie in een kerk plaatsvond, terwijl ik liever in het gemeentehuis had willen trouwen. Ik twijfelde nog over het bestaan van God en was bang dat Hij van het huwelijk een straf zou maken. Mijn vader was niet aanwezig op de bruiloft en daar was ik eigenlijk wel blij mee. Ik moest er niet aan denken dat hij mij opnieuw zou straffen vanwege mijn lafheid.

Lucy en ik waren vierentwintig jaar oud en gaven elkaar de bevestigende woorden op een maandagochtend. Terwijl ik het ja-woord met twijfel adresseerde voelde Lucy zich als een prinses uit een middeleeuws sprookje. Na de ceremoniële verplichting concentreerde het publiek zich voornamelijk op de binnenwereld van mijn nieuwbakken vrouw. In mijn zoektocht naar enige verlichting vond ik een vreedzame plek bij een dranktafel met goedkope alcohol. Een man in een smoking hield me gezelschap en vulde twee glazen met champagne. Hij had een normaal postuur, donkerbruin haar en kuiltjes in zijn wangen veroorzaakt door zijn beleefde glimlach. De groene ogen achter de glazen van een zwarte bril keken met de blik van een kind de wereld in.

'Weet jij hoeveel het kost?' vroeg de man die een stoel naar achter schoof.

'Het smaakt in ieder geval niet,' zei ik terwijl ik het glas champagne met een vies gezicht neerzette.

'Nee, dat is niet wat ik bedoel,' grinnikte hij.

We namen allebei plaats aan de tafel.

'Je kunt gratis trouwen op maandag.'

'Hoeveel kost de liefde van een vrouw?'

'Dat weet alleen mijn schoonvader.'

De man verslikte zich in een slok van de zure champagne terwijl hij leek te genieten van mijn aanwezigheid.

'Wil je voor mij komen werken?' vroeg hij.

Met verbazing op mijn gezicht onderzocht ik de serieuze gelaatstrekken van de man. Ik dacht dat het een grap was, maar ik besloot correct te reageren.

'Dank voor het aanbod, maar meneer ik...'

'James Hoffman,' vulde hij aan.

'Ik zit op school en heb geen ervaring.'

'Je hebt alleen levenservaring nodig.'

James Hoffman gaf me zijn visitekaartje en had een twinkeling in zijn ogen die ik nog nooit bij iemand anders had gezien. Hij zag kansen die voor anderen verborgen bleven, alsof hij voor even in de toekomst kon kijken. In zijn wereld van eindeloze mogelijkheden wist hij dat zijn dromen uiteindelijk de werkelijkheid zouden worden. Ik had mijn dromen laten varen, maar toch zou deze ontmoeting mijn leven veranderen.

3

Vrijdag 1 april
22.00 uur

The Rags was een bekende stripclub die zich bevond in de wijk Mayfair. De moderne uitgaansgelegenheid zat in een onopvallend pand op de hoek van een winkelstraat. Alleen door de geblindeerde ramen kon je zien dat het anders was dan de andere winkels in de straat.

'Welkom, Meneer Hoffman,' zei de portier die de voordeur opendeed.

'Alstublieft,' sprak James die een envelop met geld in de hand van de man drukte.

Het was de eerste keer in mijn leven dat ik een stripclub binnenging. Ik zag dat het smaakvolle interieur niet overeenkwam met mijn verwachtingen van hoerige rococo en kitscherige tijgerprints. In plaats daarvan was er een lange bar van hout waar het roodblauwe licht vanaf het plafond op neerdaalde. De flessen drank die op een plank aan de muur stonden werden door een gouden lichtstrip van onder verlicht. Er waren drie vierkante podiums met een paal in het midden die tot het plafond liep. Achter het toneel hingen zwarte doeken voor de ingang van de privé-kamers.

Ik staarde naar de bewegingen die een danseres op het eerste podium maakte. Ze deed gymnastische oefeningen op de gladde tonen van de rhythm-and-blues muziek. De verticale stang diende als leidend voorwerp in de bijzondere choreografie. Ik was niet verbaasd dat ze de creditcards moeiteloos uit de pantalons van de mannen liet glijden. De bezoekers van middelbare leeftijd behoorden tot de elite van de hoofdstedelijke zakenwereld. Ze werkten overdag in de hoofdkantoren van mondiale banken die zich hadden gevestigd in The City of London. In de avond verkeerden de trotste aristocraten in het gezelschap van de sensuele gastvrouwen. James had me verteld dat de snoepwinkel voor volwassenen werd geleid door de Joodse ondernemer Salomon Meyer. Salomon was een man met een verfomfaaide baard die rond zijn kin grijs was geworden. Hij had een grote neus en dikke wallen, waardoor zijn bruine ogen kleiner leken dan ze in werkelijkheid waren. Hij rook naar sigaren en alcohol en droeg altijd een smoking waarvan het strikje nooit recht zat. Het was een man die vanwege zijn ontembare drang naar meer geld zou overwegen om zijn eigen moeder te verkopen. Hij zou haar vervolgens in een postpakket onder rembours versturen naar de nieuwe eigenaar.

'Meneer Hoffman,' zei Salomon die op zijn vaste plek aan de hoek van de bar zat.

'Meneer Meyer,' sprak James met een beleefde glimlach.

'Het voelt telkens weer als de eerste keer,' fluisterde de eigenaar op een speelse toon.

'Jamie, ik zal je naar je plaats begeleiden,' zei een vrouw die de hand van de aandeelhouder vastpakte.

Catherine was een aantal jaar ouder dan James, maar niemand wist precies hoe oud ze was. Ze was opvallend lelijk voor iemand die ooit haar geld had verdiend met de verkoop van haar lichaam. De vrouw had bruin haar dat deed denken aan het scheepstouw van een piratenschip. Ze was fors en dik, met een spits gezicht en een wijkende kin. De vetrollen op haar buik had ze verstopt onder het latex van haar outfit. Toen ze nog jong en dun was had het publiek haar de artiestennaam Catwoman gegeven. James had me verteld dat Catherine nu een soort moederfiguur was voor de andere meiden. Als Salomon de meisjes op een andere plek voor meer geld kon laten werken ging zij mee als begeleidster.

'De eerste keer kan ik me niet herinneren,' sprak James.

'Ik weet nog toen ik je voor het eerst zag,' zei Catherine die in haar gedachten was afgedwaald.

'Dat is in ieder geval heel lang geleden.'

'Het is alsof het in een ander leven was.'

Het leek alsof Catherine geraakt werd door een beeld uit het verleden. Ik dacht dat zij vroeger misschien iets voor James had gevoeld.

Catherine schudde het beeld uit het verleden van zich af en greep een fles champagne van tafel. Ze drukte haar vingers in de hals van de fles en schoot de kurk met een harde knal tegen het plafond.

'Deze champagne krijg je van mij, Jamie,' zei Catherine die de drank in twee glazen schonk en toen naar de entree liep om haar volgende klant te begeleiden.

We namen plaats op de loungebank die zich aan de achterzijde van de club bevond. James vulde mijn glas regelmatig bij en ik voelde dat mijn remmingen minder werden. De mannen in de club leken een straal van geluk op hun gezicht te hebben, ondanks dat ik wist dat het niet waar kon zijn. Iedereen die op vrijdagavond zocht naar liefde in een stripclub moest op de een of andere manier wanhopig zijn.

'Ze herinnert me aan de schoonheid van het leven,' sprak James, die recht voor zich uit staarde.

'Catherine?' vroeg ik.

'Alsof het de eerste vrouw is die ik ooit heb gezien.'

'Meen je dat echt?'

'Ik kan voelen dat we een speciale band hebben.'

Ik keek door de ruimte en zag een blonde vrouw die bij een

man op schoot zat.

'Je bedoelt Daisy.'

James had me verteld dat ze iedere avond in de stripclub werkte. Ze had haar blonde haren opgestoken en droeg kleine parels in haar oren. Met de blik van een filmster uit de jaren twintig had ze James betoverd. Daisy was slank en had een natuurlijke uitstraling op haar gezicht. De brede lijn van haar kaak, de smalle neus en haar donkerbruine ogen waren van een uitzonderlijke schoonheid.

'Ze is in gesprek met een man aan de bar,' vervolgde James zijn verhaal over de blonde vrouw.

'Ja, die man lijkt op een zanger uit Spanje.'

'Heb je gezien dat ze in zijn oor fluisterde?'

'Ik ben alleen zijn naam kwijt...'

'Op dat moment keek ik haar in de ogen.'

'...Maar ik zie hem zo voor me.'

'Ik weet zeker dat zij ook iets kon voelen.'

'Julio Iglesias!'

Daisy zat bij de man op schoot, maar leek inderdaad op zoek naar iemand anders. Ik moest nodig plassen, dus ik liep naar het toilet dat zich bij de entree bevond. Toen ik terug de zaal in kwam zag ik dat Daisy en de man waren verdwenen. Ik nam plaats op de bank naast James terwijl de ruimte voor mijn ogen draaide.

'Ze is nu met die man in haar kamer,' verzuchtte James.

'Praat met haar als ze terugkomt.'

'Dat zou een grote vergissing zijn,' sprak hij terwijl hij zijn hoofd schudde.

'Je bent een beetje zenuwachtig,' zei ik ongeduldig.

'Straks kan iemand ons nog horen.'

'Je gedraagt je als een kleine jongen.'

'Dat is ook precies hoe ik me voel.'

4

Ik werd om zes uur in de ochtend wakker en kon daarna niet meer in slaap komen. Door het woelen in bed had ik een scheur in mijn T-shirt gemaakt. Het zachte matras in de slaapkamer van het herenhuis was een van de vele ongemakkelijkheden. De statige woning bevond zich in een buitenwijk van Londen en was de droom van ieder nieuw echtpaar. Toch markeerden de wittebroodsweken in het westen van de stad de ongelukkigste periode van mijn leven. Dat is uiterst merkwaardig voor iemand die heel zijn kindertijd in Newcastle doorbracht. Ik dacht met heimwee terug aan de regen die dagelijks met bakken uit de hemel kwam. Het ronde venster in mijn kinderkamer was vervangen door hoge ramen die tot het plafond liepen. Het uitzicht over de drassige weilanden had plaatsgemaakt voor de stralende gezichten van jonge ouders.

Lucy, die op haar rug naast me lag, had haar mond wijd open. Met iedere uitademing maakte ze het geluid van een gootsteen die werd doorgespoeld. Ik zou de glans van het zwarte haar overal kunnen herkennen. De lichte wenkbrauwen en haar spleetogen waren ook uniek. Alleen wat zich binnen in haar hoofd afspeelde was een raadsel voor mij. Ik stelde me voor dat ik door haar schedel kon kijken en de kronkels in haar hersenen zien draaien. De psychische stoornis van Lucy had na de gelukkigste dag van haar leven opnieuw voor problemen gezorgd. In tegenstelling tot het vooruitzicht dat ik had was de verlatingsangst juist toegenomen. Na twee weken had ze me gezegd dat ik niet meer zonder haar toestemming het huis mocht verlaten. In de derde week na het huwelijk besefte ik dat het 'ja, ik wil' de grootste fout van mijn leven was. Na vier weken had Lucy de wanprestatie van mijn ouders overtroffen. Ik was depressief en dacht erover om een einde te maken aan mijn leven. Ik zat opgesloten in een gouden kooi en lijpe Lucy had de sleutel van het kettingslot ingeslikt. Achter de tralies van blinkend klatergoud besloot ik dat mijn leven radicaal anders moest.

Ik blies mijn ochtendadem in het kussen en voelde de warmte ervan. Vandaag was het moment om het plan dat ik had bedacht uit te voeren. Er waren geen excuses meer. Ik had mezelf eerder drie opties gegeven. De eerste was een eind te maken aan het leven van Lucy. Een relatief makkelijke opgave, daar een overdosis voorgeschreven medicijnen gecombineerd met de mentale toestand van de patiënt geen argwaan zouden opwekken. Helaas zag ik mezelf niet in staat deze taak te volbrengen. Lucy maakte mijn leven tot een ware hel, maar net als mijn moeder wilde ik de kans op eeuwig leven in de hemel niet verspelen. Daarnaast was er de mogelijkheid dat ze ooit zelf een greep in de medicijnkast zou doen.

De tweede optie was mezelf van het leven beroven. Een punt zetten achter het leven van Nick Anderson had ik geprobeerd te visualiseren. Het was eind februari en het weer zorgde voor een winterse depressie. Ik dacht aan de reactie van mijn vader, die niet verbaasd zou opkijken bij het nieuws over mijn dood. Hij vond me een mislukking en dit lag in de lijn der verwachting. Een makkelijke uitweg als deze was voor mij dus niet mogelijk. Ik koos er bewust voor het nu op mijn manier te doen. Een nieuw leven beginnen was optie drie en uiteindelijk de keuze die ik maakte. Ik besloot te vertrekken.

De vorige avond had ik de suiker in het kopje groene thee van Lucy zoals altijd vervangen door een van haar slaapmiddelen.

Deze keer zat er voldoende medicatie in de drank om haar pas in de middag uit haar slaap te doen ontwaken. Ik sloeg de dekens van me af en ging op de rand van het bed zitten. Daarna liep ik blootvoets naar de trap en bleef nog even op de overloop staan. Mijn voeten zakten weg in het hoogpolige tapijt dat Lucy had uitgezocht. Ik dacht aan de gevolgen die bij het nemen van de volgende stap zouden ontstaan. Zo stil mogelijk liep ik door het donkere trapgat naar beneden. Ik was blij dat het me lukte om zonder geluid te maken op de begane grond aan te komen. In mijn rugtas verdwenen mijn paspoort, telefoon en een aantal kledingstukken. De weg door de donkere woonkamer die me naar de voordeur bracht wist ik ook af te leggen zonder geluid te maken. Toen ik de voordeur langzaam openmaakte ging de buitenlamp aan. Ik schrok van het licht, maar voelde tegelijkertijd ook de goedkeuring van een bovenaardse macht.

De trap voor het herenhuis had vijf treden, maar het voelde als de afdaling van de brandtrap in een wolkenkrabber. Ik strompelde door de kleine voortuin naar de kant van de straat. Ik draaide mijn hoofd naar het huis om een seconde stil te staan bij het afscheid dat me een gevoel van hoop gaf. Het viel me op dat het licht in de slaapkamer aan stond. Als in een donkere hallucinatie zag ik de schim van Lucy voor het dubbele raam verschijnen. Het sluike haar gedrapeerd langs het verbitterde gezicht van een volwassen vrouw in een Hello Kitty pyjama. Ik wist dat ik zo snel mogelijk moest verdwijnen naar een volgende bestemming. Ik pakte de mobiele telefoon uit mijn tas en belde James Hoffman.

'Meneer Hoffman, u spreekt met Nick Andersen,' zei ik.

Het duurde een moment voordat er een antwoord volgde.

'Nick, hoe is het leven op de huwelijksboot?'

'Ik begrijp waarom orkanen een vrouwennaam krijgen.'

'Dus je zegt dat er een storm waait over de oceaan?' vroeg

James verbaasd.

'Ik wil de kust te bereiken, maar er is geen land in zicht.'

'Vertel me waar ik je mee kan helpen.'

'Ik bel over ons gesprek op de bruiloft.'

'Dat gesprek kan ik me wel herinneren.'

'Ik zou graag voor u komen werken.'

'Prima, je kunt om acht uur beginnen.'

'Vandaag?'

'Je kunt ook op een andere dag starten.'

'Dank u wel, maar ik had nog een vraag.'

'Jij mag altijd van alles aan me vragen.'

'Heeft u een plek waar ik kan wonen?'

5

Vrijdag 1 april
22.30 uur

'Het is de eerste keer dat ik je spreek,' zei James die recht in de ogen van Daisy keek.

'Ik vind het leuk om met je te praten,' verklaarde Daisy.

'Maar het voelt alsof ik je al jaren ken.'

'We waren samen in een vorig leven,' grapte ze.

'Ik denk dat de tijd zich heeft herhaald.'

'We hebben nu alleen geen tijd meer.'

James had zijn handen in de zakken en leunde met zijn heup tegen de bar. Hij hield zijn hoofd schuin en had een lach op zijn gezicht, waardoor hij zelfverzekerd overkwam. De ogen van de man gluurden een moment naar het horloge om zijn pols alsof hij naar een antwoord zocht.

'Sorry, James,' zei Daisy. 'Ik kan hier maar tien minuten met je praten.'

'Ik begrijp het,' sprak hij. 'Laten we verder praten aan mijn tafel.'

'We kunnen alleen naar mijn kamer.'

'Dan moeten we daar dus heen gaan.'

'Dat is tweehonderdvijftig pond.'

James duwde met zijn heup tegen de bar, waardoor hij weer recht stond. Hij greep de portemonnee uit zijn rechter broekzak en ging met zijn vingers door het briefpapier.

'Alsjeblieft, vijfhonderd pond,' zei hij terwijl hij tien briefjes van vijftig pond voor zich uit stak.

Daisy staarde een moment naar James alsof ze door de bliksem was getroffen. Ze keek naar hem met een verlegen lach op het gezicht en nam toen de dubbele gage aan. De vrouw liep in een rechte lijn naar de andere kant van de bar waar Salomon op zijn vaste plek zat. In het donker leek zijn gezicht op het zwarte masker uit een bekende horrorfilm. Hij had de regel van tien minuten per klant voorgeschreven aan de meiden die voor hem werkten. De andere mannen konden zich afgewezen voelen als de dames zich op één klant zouden concentreren. Een regelmatige afwijzing van hun eigen vrouw was immers een van de belangrijkste redenen voor een bezoek aan de nachtclub. De warmbloedigheid van de mannen zou hiermee kunnen afnemen en zelfs kunnen leiden tot een koude vermindering van het uitgavepatroon. En dat was een probleem voor Salomon, die een obsessie had voor het aantal nullen achter de komma.

Daisy liet de vijfhonderd pond over de toonbank glijden in de richting van de manager van de club. Salomon plaatste zijn glas op de stapel van geld en trok haar dicht tegen zich aan. Hij gleed met zijn hand over de achterkant van haar witte jurk naar beneden en fluisterde iets in haar oor. Daisy maakte zich los van de man en keerde terug aan de zijde van James. Ze hielden elkaars hand vast toen ze in de richting van haar kamer verdwenen. Op het laatste moment zocht James het oogcontact met mij en maakte hij een beweging dat ik hem moest volgen. Ik kwam met moeite van de bank en liep voorbij de zwarte doeken die achter het podium hingen. Ik wachtte voor de deur van de peeskamer en keek door een kier naar binnen.

Het was een kleine ruimte met een tweepersoonsbed waarvan de lakens waren vervangen door fluwelen kussens. Ik zag dat aan weerszijde de nachtkastjes ontbraken, maar dat er wel een wastafel aan de muur hing. Daisy pakte een handdoek en draaide de kraan van de wastafel open. De vrouw maakte een kom van haar handen en drukte het water tegen haar gezicht. Ze keek in de spiegel die aan de muur hing en liet de handdoek over haar voorhoofd en jukbeenderen glijden. James liep naar de rand van het bed en pakte een kussen van het matras. Hij deed zijn ogen dicht en drukte het fluweel tegen zijn gezicht. Hij snoof de geur van het bordeel in zijn neus en liet zich achterover op het matras vallen. Ik was verbaasd dat hij zich thuis leek te voelen op deze plek.

'Waar droom jij eigenlijk over?' vroeg James terwijl hij in een zee van kussens wegzakte.

'Je wilt echt alleen maar praten,' sprak Daisy die via de spiegel naar James keek.

Ze ging met een kwast over haar gezicht en daarna met een stift over haar lippen. Ik begreep niet waarom ze opnieuw haar make-up deed, misschien wilde ze nog meer indruk maken op James.

'Vertel me waar je over droomt.'

'Ik onthoud mijn dromen niet,' zei de vrouw die met haar mond open de mascara op haar wimpers bracht.

'Je moet ze meteen opschrijven.'

'Maar waar droom jij dan over?'

'Ik droom over de toekomst.'

'En hoe ziet dat er dan uit?'

'Ik woon in een huis met familie.'

'Dat lijkt me een fijne droom.'

'Ik zou de hele dag kunnen slapen.'

6

Ik wandelde naar de uitgang van het metrostation en keek uit over de hoofdweg van de wijk Lambeth. Er was altijd criminaliteit in deze buurt, maar de laatste jaren was het geweld flink toegenomen. De afbraakbuurt was lijstaanvoerder geworden op de criminaliteitsindex van de hoofdstad. Ik liep in de richting van een groep jonge mannen voor een 24/7 winkel. De jongens maakten een hoop lawaai, maar toen ik dichterbij kwam werd het stil. Terwijl ik met een beleefde glimlach op mijn gezicht voorbij hen liep, kwam een van de mannen naar me toe. Hij had een grote bos dreadlocks en rooddoorlopen ogen.

'Je bent niet van hier,' sprak de man.

'Ik kom uit Newcastle,' vertelde ik.

'Wat doe je hier dan?'

'Ik zoek naar geluk.'

'Dat vind je hier niet.'

Terwijl hij mij bij de arm greep verscheen er uit het niets een politiewagen in de straat. De man liet mijn arm los en lachte een rij gouden tanden bloot. Het voelde alsof de agent in de wagen me door de louche buurt achtervolgde. Terwijl het licht van de zonsopkomst op de achterkant van de wolken scheen voelde ik een hevige drang om naar binnen te gaan. Na tien meter stond ik voor het complex waar een dozijn vuilniszakken de ingang blokkeerde. Ik duwde het zwarte plastic aan de kant terwijl mijn maag zich omdraaide door de geur van rottend voedsel. Ik zwaaide de voordeur open en ging de duistere portiek binnen. De geur van alcohol en urine kwam in mijn neus toen ik via de trap naar boven ging.

De arbeiderswoning op de derde verdieping zou mijn nieuwe thuis worden.

De deur van mijn flat was open maar ik kon hem wel van binnen op slot doen. Toen ik in de hal stond kon ik voor de eerste keer sinds een lange tijd weer ademhalen. Er zaten vegen op de muur in de woonkamer die door brand waren ontstaan. Ik denk dat de vorige bewoners de verkoolde laag hadden gebruikt om mythische dieren op de muren te tekenen. De sprookjesfiguren streden tegen tweedimensionale monsters die van een andere planeet kwamen. Het deed me denken aan de wilde dieren op het behang in mijn kinderkamer. Ik liep naar de vensterbank en schoof het raam omhoog.

Ik zag dat de politiewagen voor de ingang van het complex stond geparkeerd. Ik vond het raar dat de agent me in de gaten hield maar ik had in ieder geval geen last van de hangjongeren. Ik ging naar de slaapkamer en liet me achterover op het matras vallen. Liggend tussen de vlekken op het katoen dacht ik aan James. Dankzij hem was ik aan Lucy ontsnapt.

Mijn mobiele telefoon rinkelde en ik nam op.

'Hoe is het leven als nieuwe vrijgezel?' klonk de stem van James.

'Ik heb me nog nooit zo goed gevoeld,' verklaarde ik.

'En is het appartement ook naar je zin?'

'Ik voel me hier helemaal op mijn plek.'

'Je zou verdrinken in een zee van liefde.'

'Ik denk dat ik nu over water kan lopen.'

'Dat is niet nodig, iemand komt je halen,' sprak James, waarna hij de verbinding verbrak.

Toen ik mijn ogen sloot viel ik direct in slaap. Ik werd na een half uur wakker gemaakt door het geluid van een claxon. Toen ik uit het raam keek zag ik dat de politiewagen was vervangen door een taxi. Het was half acht en de eerste werkdag van mijn nieuwe baan. Hoewel de gure wind door de flat waaide voelde het als de eerste dag van de lente. Snel trok ik de netste kleren aan die in mijn rugtas zaten en verliet de woning. De taxichauffeur stond inmiddels op de stoep en hield het portier van de auto open.

'Meneer Andersen.'

'Goedemorgen,' zei ik met een lach op het gezicht.

Ik stapte de auto in, waarna de chauffeur de deur sloot. Hij nam plaats achter het stuur en zocht het contact met mij via de achteruitkijkspiegel.

'Een enkele reis naar de hel op aarde,' zei de man.

'Maar daar kom ik dus net vandaan.'

'Waar het geld stroomt is de duivel.'

'Ik geloof niet dat het veel erger kan.'

'Dan hoop ik zeker dat Hij met u is,' zei de chauffeur, die de radio afstemde op een christelijke radiozender.

De popmuziek uit de hemel bracht het voertuig van de achterstandswijk naar de duurste vierkante kilometer van Londen. Dat is wat ik altijd opmerkelijk heb gevonden aan de hoofdstad. Met slechts een afstand van hemelsbreed vijf kilometer was het contrast tussen de twee gebieden onoverbrugbaar. Het uitzicht over de wereldstad gaf me nieuwe hoop voor de toekomst. Achter de St. Pauls Cathedral bevond zich de obelisk van het bankgebouw met de gouden piramide op het dak. De vriendelijke uil met zwarte bril keek over de puinhopen van het land, ten zuiden van de rivier.

7

Zaterdag 2 april
05.30 uur

De Tower Bridge verbond het zakencentrum met een andere wijk ten zuiden van de Thames. Southwark bevond zich naast Lambeth en was een verloederd project van sociale huurwoningen. De mensen aan de onderkant van de samenleving woonden hier in flats die op een kluitje lagen. Met de hoogste moordcijfers van het land was het een rotte plek op de kaart van de metropool.

Het was na middernacht en de regen kwam met bakken uit de hemel. James parkeerde de auto terwijl druppels op de motorkap uiteenspatten. Hij keek door het raam naar buiten, maar ik geloof niet dat hij iets zag.

'Hoe gaat het met je?' vroeg ik.

'Het ziet er goed uit,' zei James onmiddellijk.

'Huh?'

'Het stopt met regenen.'

'Wil je echt dat ik meega?'

'Dat weet ik zeker, Nick.'

James zwaaide het portier van de auto open en verdween in de duisternis. Snel liep hij naar de portiek en drukte op de bel. Hij hield de deur voor me open terwijl hij nerveus om zich heen keek. De champagne in de stripclub had mijn hoofd licht gemaakt. Ik probeerde mezelf in balans te houden. Er hing een geur van huisdieren in het trappenhuis waardoor de tranen in mijn ogen schoten. James vloog over de trap naar het appartement op de derde verdieping. Hij was uit het zicht verdwenen toen ik hijgend mijn weg naar boven vond. Catherine stond in de deuropening en lachte waarbij haar gele tanden opvielen. Ze had haar kapsel met krulspelden vastgezet en droeg een zwarte nachtjapon. De peuk in de sigarettenhouder tussen haar vingers deed het plastic smelten.

'Dus je hebt me nu al gemist?' vroeg Catherine.

'We kunnen niet zonder jou,' beweerde ik.

'James heeft mij niet nodig.'

'Ik denk dat hij blij met je is.'

'Kom nou maar naar binnen.'

'Voel je soms iets voor hem?'

Catherine draaide zich om en liet een bandje van haar nachtjapon over haar schouder naar beneden glijden. Er was nu meer van de pokdalige huid op haar rug zichtbaar. Ik merkte dat ze mijn vraag wilde ontwijken door haar seksualiteit in te zetten. Ze liep door de hal en ging daarna de woonkamer binnen. Ik volgde de vrouw terwijl ik de lambrisering gebruikte om in evenwicht te blijven. Het linoleum plakte onder mijn voeten en krulde op tegen de onderkant van de muren. Er zaten krassen op alle wanden en deuren van het appartement. Daisy woonde tijdelijk bij Catherine en haar twee Siamese katten. De dieren hadden hun sporen ook achtergelaten op twee banken die rechtstreeks uit de jaren negentig leken te komen. James en Daisy zaten op het gescheurde leer in de woonkamer en keken elkaar diep in de ogen. Er ging een minuut voorbij zonder dat de twee met elkaar spraken. James doorbrak de stilte en fluisterde iets naar de vrouw wat ik niet kon verstaan.

'Ik ben ook blij om jou weer te zien,' sprak Daisy met een verlegen lach op het gezicht.

Het was weer een minuut stil toen James opnieuw iets in haar oor fluisterde.

'Heb ik je mijn kamer laten zien?' vroeg Daisy op een rationele toon.

'Ja, ik droomde er al bijna weg,' sprak James met een lach op zijn gezicht.

'Nee, ik bedoel mijn slaapkamer.'

Er ging een halve minuut voorbij toen James de woorden van Daisy eindelijk had verwerkt.

'Die zou ik graag eens willen zien,' zei hij op een luchtige toon, waarna zij met een ondeugende blik op het gezicht de kamer verlieten.

Het was een aantal uur na middernacht, maar het voelde alsof er een eeuwigheid was gepasseerd. Ik staarde naar het licht van de kaarsen die in de lege flessen op de salontafel waren gestoken. Er zat een sticker van de 24/7 winkel op het glas met een prijs van drie pond. Catherine vulde mijn glas voor de zoveelste keer en schonk zichzelf ook bij. Het leek alsof ze het niet leuk vond dat Daisy met James naar haar kamer was vertrokken. Ik had niet goed naar mijn eigen lichaam geluisterd en inmiddels een halve fles wijn leeggedronken. Net toen ik me niet meer ongemakkelijk voelde begon de ruimte voor mijn ogen te draaien. Mijn oogleden werden zwaar, maar als ik mijn ogen sloot zou ik in een bodemloze put verdwijnen.

'Daisy neemt nooit iemand mee naar huis,' zei Catherine, die een nieuwe peuk in de sigarettenhouder drukte. Ze nam een trek en blies de rook in mijn gezicht.

'Maar ik ben samen met James gekomen,' verklaarde ik.

'Ze heeft ook niet voor dit werk gekozen,' zei ze terwijl de stem van James uit de slaapkamer kwam. Het lid van haar rechteroog zakte een beetje omlaag alsof ze een stekende pijn voelde. Ze greep naar het glas op tafel en sloeg de wijn achterover.

'Ik heb hem ook maar per toeval ontmoet.'

'Het is allemaal de schuld van haar vader,' zei Catherine terwijl de stem van James werd gevolgd door een lach van Daisy.

Ze pakte een nieuwe fles wijn van onder de tafel en draaide de dop van de hals. De vrouw drukte de fles tegen haar lippen, waardoor ze afdrukken van haar lippenstift op de rand achterliet. Ik wist niet wat ik moest zeggen, dus ik keek naar haar met een ernstige blik op mijn gezicht. Op hetzelfde moment kwam het zuur uit mijn maag naar boven. Het brandde tegen de achterkant van mijn tong, maar het lukte me het vocht weer door te slikken.

'Ik denk dat ik iets te veel heb gedronken.'

'Hij kon zijn schulden niet meer betalen.'

Het geluid van James en Daisy die de slappe lach hadden klonk uit de slaapkamer. Catherine sloot haar ogen en nam een trek van de sigaret. Ze blies met veel kracht de rook uit haar longen in de richting van de hal.

'Misschien is het tijd voor mij om te gaan.'

'Hij heeft zijn dochter verkocht aan Salomon.'

'Het is waarschijnlijk alweer een nieuwe dag.'

'Ze heeft een slechte relatie met haar vader.'

'En ik moet vandaag gewoon weer werken.'

'Maar ze lijkt precies op de moeder van James.'

Ik liep de woonkamer uit voordat Catherine nog iets kon zeggen. De woorden galmden door mijn hoofd toen ik door de voordeur ging. Ik zwalkte door het trappenhuis naar beneden, wat me deed denken aan de laatste minuten van mijn huwelijk. Het was gestopt met regenen en er hing een vochtige mist in de lucht. De kille dauw op mijn huid bracht me weer tot mezelf. Ik voelde hoe de koude zuurstof mijn longen vulde toen ik diep ademhaalde. De horizon was weer op het juiste punt gekomen en ik vond de weg naar mijn huis door de straten van de twee achterstandswijken.

8

Het gebouw van de Nieuwe Wereld doemde op uit het niets. Een glanzende toren midden in het ondoorzichtige bos van de City of London. Het onafhankelijke district was de enige plek waar bankiers zich na de crisis veilig konden voelen. De wetten van het kapitalisme stonden hier nog steeds boven die van het parlement en het machtige koningshuis.

James stond voor de glazen entree van het bankgebouw. De aandeelhouder leunde nonchalant met zijn rug tegen het raam, maar kwam nerveus over. Hij keek naar de klok om zijn pols alsof hij de laatste trein moest halen. Ik zwaaide het portier van de taxi open. De chauffeur had me verteld dat de prijs van de rit door de bank was betaald. Hij had het geld van de duivel met frisse tegenzin in ontvangst genomen.

'Heb je nog geslapen vanmorgen?' vroeg James terwijl hij zijn hand naar me uitstak.

'Ik had geen last van een nachtmerrie,' verklaarde ik toen ik zijn klamme hand vastpakte.

'Het is heel belangrijk om te dromen.'

'Ik ben toch wel blij dat ik wakker ben.'

'We hebben niet veel tijd om te slapen.'

James hield de deur van de entree voor me open. Er zat een man met een snor achter de balie van de receptie. James had me verteld over Nelson, de conciërge van het gebouw. Hij was een Amerikaan die al sinds jaar en dag voor de bank werkte.

Hij lachte vriendelijk naar me en kneep daarna zijn ogen dicht.

Ik volgde James over het marmer op de begane grond. We liepen voorbij het pentagram op de vloer naar het portaal van de lift. Ik stapte samen met de aandeelhouder in de lift naar boven. Hij vertelde over de vijf departementen in het gebouw die hij me liet zien. De werknemers hadden een speciale pas waarmee zij alleen hun eigen sectie konden bereiken. Met uitzondering van de aandeelhouders kon alleen Nelson op iedere verdieping komen. Nelson had een eigen kantoor op de begane grond, maar ik begreep niet waarom de conciërge een eigen werkruimte had. Hij was de baas van de schoonmakers op de vijf etages van het eerste departement die het gebouw schoonmaakten. Daarnaast gaf hij ook leiding aan de receptionistes die op deze afdeling werkten.

Het tweede departement van dertig etages was van de consumentenafdeling. De mensen werkten hier aan gescheiden werkbanken die deden denken aan kledingfabrieken uit derdewereldlanden. Het was hun taak om zoveel mogelijk contracten af te sluiten met particuliere klanten. Op het derde departement werkten managers die financiële producten verkochten. De handelaren probeerden gewone burgers te overtuigen om hun spaargeld te investeren. Daarnaast hielpen zij bedrijven met fusies en overnames tegen een flinke bonus.

'Nick, wat weet je over de markt?' vroeg James toen de lift ons naar boven bracht.

'Die bestaat uit vraag en aanbod,' zei ik voorzichtig.

'Wat kost een zeldzaam product?'

'Het is in ieder geval heel duur.'

'Maar hoe bereken je dan de prijs?

'Ik denk dat het dan een gevoel is.'

'Ik maak geen emotionele keuzes.'

De deuren van de lift gingen open op het vierde departement. Op de tien etages werkten technische medewerkers die complexe producten maakten. De computernerds uit het oosten hadden weinig sociale vaardigheden. De magistrale codes op de geavanceerde rekenmachines vormden het muziekschrift voor algoritmische composities.

Het vijfde departement was de bovenste verdieping waar de aandeelhouders kantoor hielden. James had een ruimte aan de oostkant van het gebouw, terwijl Thomas en Donald aan de westkant zaten.

De werkruimtes kwamen bij elkaar in de ontvangsthal. In het midden van de ruimte stond de speeltafel onder het gouden dak.

'Het klopt wat ze over je zeggen,' zei James toen we het lege kantoor naast die van hem binnengingen.

'Met wie heb je dan gesproken?' vroeg ik.

'Ik denk dat je een wonder bent.'

'Nee, ik ben Nick uit Newcastle.'

'Ik heb hoge verwachtingen van je.'

'Je bent niet de eerste die dat zegt.'

'Dit is jouw eigen kantoorruimte.'

James lachte breeduit en verliet daarna de ruimte. Toen ik hem zag vertrekken bleef ik even verbaasd staan. Ik wist niet wat voor taken ik had en dus ook niet wat ik nu moest doen. Ik ademde door mijn neus en rook de geur van opgedroogde verf. Er hing niets aan de muren en het tapijt was brandschoon. Ik zag een bureau met een computer en een stoel aan beide kanten. Toen ik in de stoel achter het bureau zakte dacht ik aan mijn schoonvader. Misschien was dit zijn kantoor toen hij nog bij de bank werkte, maar had iemand al zijn sporen uitgewist.

9

Zaterdag 2 april
10.00 uur

Ik zat achter mijn bureau, keek naar de skyline en zag de gebouwen heen en weer gaan. Misschien had ik een kater en was ik nog steeds een beetje dronken van gisteravond. In gedachten zag ik hoe Catherine een pil in mijn drankje liet verdwijnen. Ik haalde mijn schouders op en schudde mijn hoofd.

Het was normaal om zes dagen per week op het kantoor te zijn, ondanks dat ik weinig taken had.

Ik moest werknemers van een ander departement ophalen en naar het kantoor van James brengen. Op het scherm van mijn computer zag ik een lijst van medewerkers met de laagste scores. Er stonden twaalf mensen op waarvan James er drie zou moeten ontslaan. De overige werknemers waren de verantwoordelijkheid van Thomas en Donald. Toen ik de gegevens naar de printer stuurde merkte ik dat mijn hart oversloeg. Het zweet stond in mijn handen en mijn ademhaling versnelde. Ik greep het vel papier uit de printer en liep naar het kantoor van James. Toen ik de deur langzaam opendeed zag ik dat hij er niet was. Alleen de naakte vrouw op het schilderij keek me verwachtingsvol aan. De drakenbomen aan weerszijde van de kamer snakten naar hun dagelijkse portie gemeentepils. Door de afwezigheid van James was het logo van de bank op de bureaustoel zichtbaar geworden. Niemand had de grootaandeelhouder van de bank persoonlijk ontmoet en daarom spraken James en de andere aandeelhouders over de 'Gouden Uil'. Ze maakten gebruik van de mascotte om naar de onbekende persoon te verwijzen. Ondanks het vrolijke humeur van het nachtdier waren de mensen op de departementen niet van hem gecharmeerd. Iedere week zouden de werknemers met de laagste scores op staande voet worden ontslagen.

Ik stond besluiteloos in het kantoor van James. Het was inmiddels vijf voor tien en hij was ruim een uur te laat. Ik besloot dat ik toch mijn werk moest doen en hoopte maar dat hij snel zou komen. De lift bracht me zesendertig verdiepingen omlaag. Ik slaakte een diepe zucht om de overmatige spanning in mijn lichaam te verminderen.

Het ontslaan van werknemers bracht het gevoel van afwijzing uit mijn jeugd naar boven. Mijn vader sprak soms dagen niet tegen me. Het was mijn schuld dat hij geweld moest gebruiken tegen mijn moeder. Toen hij een vrouw misbruikte voor mijn ogen heeft hij een week niet tegen me gesproken. En mijn moeder was altijd in gesprek met God, dus met haar kon ik ook niet praten.

Het vel papier in mijn hand was door het vocht kromgetrokken. De deuren van de lift gingen open en ik had mijn ogen samengeknepen. Door de kiertjes van mijn ogen zag ik de vriendelijke lach van de gouden uil op de muur. Daarna zag ik drie mannen in zwarte maatpakken die stonden te wachten in het liftportaal. Voordat ik de namen op de lijst had voorgelezen stapten ze de lift binnen met een cynische lach op het gezicht. De blikken schoten als onzichtbare lasers door de kleine ruimte. De lift bracht ons naar boven, waardoor ik de druk op mijn oren kon voelen. De rode cijfers op de indicator veranderden per seconde als de vruchten op een automaat in het casino.

'Dus jij bent de zoon van de duivel,' fluisterde een van de mannen die recht voor me stond.

'Ik denk dat je dat wel kunt zeggen.'

Ik was bang dat mijn stem zou trillen waardoor de woorden als een robot uit mijn mond kwamen.

'Welkom in de as van het kwaad,' zei de man toen hij mijn hand vastpakte. Hij had de warmhartige blik van een seriemoordenaar in zijn ogen.

'Ik had toch meer moeten drinken.'

'Maar ik wil je alleen gelukwensen,' zei hij luchtig, waardoor ik de rillingen over mijn rug voelde gaan. Hij liet mijn hand los en grijnsde zodanig dat ik zijn tanden kon zien.

'Dan zou ik nu vast minder trillen.'

'De ogen van de Uil kijken naar jou.'

Toen de deuren van de lift opengingen hoopte ik op de aanwezigheid van James. Ik schoot door de hal in de richting van zijn kantoor. Met de drie mannen in mijn kielzog voelde het bruine tapijt als stroop onder mijn schoenen. Ik zwaaide de deur van het kantoor open en zag dat James nonchalant achterover in zijn bureaustoel hing. Hij had een glimlach op het gezicht en was blij om mij te zien. De drie mannen kwamen het kantoor binnen toen James achter zijn bureau ging staan. Hij plaatste drie stapels met contant geld op het bureau.

'Jullie kunnen hier blijven werken,' zei James.

10

Zondag 3 april
12.00 uur

James parkeerde zijn auto voor de ingang van mijn flat en toeterde drie keer. Het was de eerste keer dat hij me kwam ophalen ondanks dat we elkaar iedere dag zagen. Ik deed het raam open en stak mijn hoofd naar buiten. James leunde tegen de motorkap van zijn auto. De glimmende terreinwagen paste totaal niet in het straatbeeld.

'We gaan vandaag samen lunchen,' riep hij.

James had een brede lach op zijn gezicht, ondanks het slaaptekort van de afgelopen zesendertig uur. De nachten met Daisy waren lang, maar hadden zijn lichaam met energie gevuld.

Ik deed het raam weer dicht, trok mijn kleren aan en ging via de trap naar beneden. We stapten in de auto en reden door de smalle straten van de achterstandswijk. We gingen over de Westminster Bridge waar de zon als het boze oog boven het parlementsgebouw hing. Achter de noordelijke oever vlamde het licht op in de richting van de middeleeuwse architectuur. Het beeld van de stad vanaf de brug was bijzonder mysterieus.

'Je kiest een vrouw die op je moeder lijkt,' sprak James.

'James, ik wil graag iets met je bespreken.'

'Want Daisy lijkt namelijk sprekend op haar.'

'Ik weet niet of deze baan wel bij me past.'

'Maar natuurlijk wel, Nick.'

'Ik twijfel of ik hier wel geschikt voor ben.'

'Vandaag zal je de positieve kant ervaren.'

We reden op de rotonde voor Buckingham Palace toen ik het geluid van een sirene hoorde. Een agent op een motor reed naast ons en maakte een gebaar dat we moesten stoppen. James haalde zijn schouders op en parkeerde de auto langs de kant van de weg. Zuchtend deed hij het raam naar beneden en haalde de sleutel uit het contact. De agent stapte van zijn motor en liep naar de bestuurderszijde van de auto.

'Mag ik uw rijbewijs zien?' vroeg de agent.

'Natuurlijk,' zei James luchtig.

Hij pakte een kaart uit zijn portemonnee en stak deze uit het raam. De agent staarde naar het identiteitsbewijs en kneep zijn ogen samen.

'Mijn excuses, meneer Hoffman,' zei de man waarna hij de kaart terug door het raam stak en meteen weer naar zijn motor verdween.

'Wat was dat?' vroeg ik.

'Ik ken de officier van justitie.'

Ik staarde hem zonder iets te zeggen aan. James keek recht voor zich uit alsof hij mijn ogen niet voelde branden. Hij stak de sleutel in het contact en had de motor weer gestart. Hij nam de eerste afslag op de rotonde voor het paleis. We reden naar de andere kant van het park, waar zich de gentlemen's club bevond. Een vereniging waar de plaatselijke elite iedere zondag bij elkaar kwam. Je kon de stinkende geur van de zuidelijke probleemwijken hier ruiken, maar iedereen bleef de sociale ongelijkheid standvastig ontkennen.

'Meneer Hoffman,' sprak de parkeermedewerker toen hij het portier van de wagen openmaakte.

'Alsjeblieft,' zei James, die een briefje van vijftig aan de man schonk.

Hij stapte uit de auto en liep naar de entree van een gebouw. Ik volgde hem terwijl de medewerker met de wagen naar de parkeergarage verdween.

We keken naar een monument dat dateerde uit het begin van de zeventiende eeuw. Er stond een portier voor de entree die vriendelijk naar ons lachte. James en ik liepen door een hal waar het portret van een blanke man aan het kersenhout op de muur hing. We gingen door een deur van glas-in-lood en kwamen in een langwerpige zaal. Er hingen kroonluchters aan het plafond en er was geen licht van buiten. Ik zag ongeveer vijftig mannen met grijs haar zitten op het groene leer van klassieke banken. Een geur van parfum vermengd met de rook van sigaren sloop mijn neus in. Ik hoorde het accent van een man die een hete aardappel in zijn mond leek te hebben. Het was de premier, die in het gezelschap van een jonge dame verkeerde. Ik kende hem alleen van de televisie, maar ik wist zeker dat het niet zijn vrouw was. Het blonde meisje zat bij hem op schoot en droeg een korset van leer.

Ik voelde me niet op mijn gemak in het gezelschap van politici. Mijn vader zei altijd dat die mensen niet te vertrouwen waren. Het waren zakkenvullers die niet wisten hoe de wereld in elkaar stak. Hij vond het maar zwak dat mensen zochten naar een compromis in het leven. Mijn vader was iemand die pakte wat hij pakken kon wanneer hij dat maar wilde. Hij maakte zijn eigen regels en leefde volgens het recht van de sterkste.

James liep in een rechte lijn naar de andere kant van de zaal. Hij gaf vijftig pond aan een man die een ouderwetse lift bediende. Ik volgde de aandeelhouder toen hij de kleine ruimte binnenging. De lift bracht ons omlaag naar de kelder van het gebouw. Toen de bediende het hek openmaakte zag ik bijna niets. Mijn ogen moesten een moment wennen aan het donker in de hal. We liepen door de gang en zagen twee beveiligers die voor een stalen deur stonden. James begroette de heren die met een zaklamp op ons schenen. Hij drukte een envelop met geld in de hand van een van de mannen, waarna de deur openging. Toen ik naar binnen keek zag ik een club zoals ik die nog nooit had gezien. Er heerste een uitgelaten stemming alsof hier iedere zondag het nieuwe jaar werd ingeluid.

Het was duidelijk dat er een ander soort publiek aanwezig was dan op de begane grond. De mensen in deze onderwereld dronken van de champagne alsof de laatste waterbronnen waren verdampt. De lege drankflessen werden omgetoverd tot nieuwe exemplaren door een leger van barmannen. Er was een podium waar ballerina's een hedendaagse versie van een dans uit de jaren twintig opvoerden. De dansmuziek bevatte samples van platen uit het begin van de twintigste eeuw. Ik zag een oude man die de vrouwen op het podium inspecteerde. Hij keek met grote interesse naar de opgetooide derrieres en niets verhullende decolletés. Een van de vrouwen werd door hem met een hand onder haar rok begroet. Het was duidelijk dat de mannen hier zich niet lieten remmen door enige morele waarden.

Toen we op een rode loungebank plaatsnamen voelde ik plaatsvervangende schaamte.

'Meneer Hoffman, wat kan ik voor u betekenen?' vroeg de ober die voor onze tafel stond.

'Ik wil graag een fles champagne en vier glazen,' sprak James die een stapel geld aan de man gaf.

'Weet je wie die man daar bij de bar is?' vroeg James.

'Nee, maar hij lijkt op Winston Churchill,' zei ik.

'Dat is dus Henry, de officier van justitie.'

'Is dat meisje niet iets te jong voor hem?'

'Door hem ben ik nu aandeelhouder.'

Ik keek door de ruimte of ik nog meer bekende mensen zag.

Donald zat met twee Aziatische vrouwen aan een tafel links van het podium. De speelse tieners woelden door het rode haar van de dikke aandeelhouder. Thomas zat aan de andere kant van het podium verscholen achter een piramide van lege glazen. De rivaal van James keek naar mij en lachte zijn tanden bloot. Hij nam het bovenste glas van de piramide en vulde het met champagne.

Een jongeman bracht een fles champagne en vier glazen naar onze tafel. Hij gaf daarna een envelop met het logo van de bank aan James. Iedere zondag ontvingen de aandeelhouders een brief van de grootaandeelhouder. De Gouden Uil maakte op deze manier de cijfers van afgelopen week bekend. De ober trok de kurk van de fles en schonk de glazen vol met drank. James scheurde de envelop open en staarde naar de inhoud van de brief. Onverwachts bracht iemand van achter twee handen voor zijn ogen.

'Je hebt drie kansen,' sprak de stem van een vrouw.

'Heeft ze blond haar en bruine ogen?'

'Nu nog twee.'

'Heeft ze kuiltjes in haar wangen?'

'Laatste kans.'

James pakte Daisy bij haar polsen en trok haar naar zich toe. Ze viel over de rugleuning van de bank in zijn armen. Hij keek haar in de ogen en kuste haar op de mond. Catherine kwam met een zucht naast me op de bank zitten. Ze haalde haar schouders op en schudde met haar hoofd.

'Ik ken James al heel mijn leven,' sneerde Catherine.

'Daisy lijkt hem ook goed te kennen,' zei ik.

'Maar ik heb zelfs zijn moeder gekend.'

'Jullie zijn vast heel goede vrienden.'

'Hij woonde met haar in het bordeel.'

'Wat?'

'Hij houdt echt heel veel van mij.'

De relatie tussen James en Daisy leek meer met haar te doen dan ze had willen toegeven. Ik wist niet wat ik moest zeggen dus greep ik naar de brief van de grootaandeelhouder. Ik las de tekst om een gesprek met haar te vermijden.

Geachte James Hoffman,

Hierbij willen wij u laten weten dat de Gouden Uil afstand zal doen van het grootaandeelhouderschap.

De verkiezingscommissie zal aanstaande zaterdag de nieuwe grootaandeelhouder van De Nieuwe Wereld benoemen. Het is ons een waar genoegen om te melden dat u een van de drie geselecteerde kandidaten bent.

Hoogachtend,
De Gouden Uil

11

Maandag 4 april
07.30 uur

In de metro zat ik tegenover een vrouw met een baby. Het jonge kind draaide zijn hoofd, keek me in de ogen en begon spontaan te huilen. De moeder drukte haar baby tegen zich aan en fluisterde lieve woorden. Ik keek recht voor me uit en dwong mezelf kalm te blijven. Het was maandagochtend, maar ik voelde me nu al heel gespannen. Een straatmuzikant leverde een muzikale bijdrage terwijl de trein zich vulde met humeurige bankmedewerkers. Ook ik was een onderdeel van de kleurloze eenheidsworst die het geldmonster iedere dag tot leven wekte.

De metro stopte bij de zesde halte, waarna bijna iedereen de wagon verliet. Ik liep over het perron waar mensen haastig de weg naar de uitgang zochten. Het was alsof er een kudde stieren door de smalle gangen van het station rende. Ik bleef staan op de trap en voelde een storm van mensen langs me heen razen. Ik keek naar boven en zag dat de regenwolken zich boven de stad hadden samengepakt. De lege koffiebekers dwaalden over straat en herinnerden aan de werknemers die door Thomas en Donald waren ontslagen. De vacatures zouden vandaag worden ingevuld door nieuwe mensen. Ik moest de gediplomeerde kandidaten beoordelen. Het was niet makkelijk om over anderen te oordelen omdat ik mijn studie niet had afgemaakt. De woorden van James konden mijn minderwaardigheidsgevoel helaas niet wegnemen. Het vooruitzicht op de gesprekken had mijn darmkanaal behoorlijk ontregeld. Ik liep naar de ingang van het bankgebouw. Toen ik de ontvangsthal binnenging leek de zwaartekracht mijn ingewanden te verdrukken. Met een versnelde loop over het marmer brachten mijn schoenen een piepend geluid voort. Ik voelde de tintelende sensatie van het kippenvel op mijn armen. Met een korte sprint richting het liftportaal wist ik het contact met de sollicitanten bij de balie te ontwijken. Toen ik op de knop van de lift drukte slaakte ik een zucht van verlichting.

'Nicky!' brulde iemand.

Toen ik mijn hoofd naar links draaide zag ik een vrouw staan. Ik schrok van de blik in haar ogen die gevuld waren met tranen. Het vocht liep over haar wangen als druppels water over een beslagen raam.

'Lucy...' fluisterde ik.

Ik voelde een steek onder in mijn buik. Het zweet brak me nu echt uit en het schuim stond tussen mijn billen. Ik kon alleen maar hopen dat het gesprek niet lang zou duren.

'Ik heb je overal gezocht,' verklaarde Lucy.

De uitdrukking op haar gezicht deed denken aan een verwaarloosde hond op een uitgestorven woonboerderij. Er kwam snot uit haar neus dat in de richting van haar mondhoeken stroomde. Ze deed geen enkele moeite om het verdriet te verbergen.

'Wat een verrassing om je te zien,' mompelde ik.

'Ik dacht dat je dood was.'

'Maar ik moet weer aan het werk.'

Ik haalde verontschuldigend mijn schouders op en stapte de lift in. Met het verbeten gezicht van een dopingzondaar in de wielersport staarde ik naar de vloer. De kille vertoning bracht het verdriet van Lucy naar een hoogtepunt.

Een vloed van tranen kwam naar beneden en vormde een plas op het marmer.

Net voordat de deuren van de lift dichtgingen glipte ze naar binnen.

'Ik dacht dat ik je nooit meer zou zien!' riep Lucy.

Ze kwam naar me toe alsof ze me wilde kussen. Ik deinsde achteruit, waarna ze haar armen om me heen sloeg. De houtgreep deed vermoeden dat ze me nooit meer los zou laten. Lucy maakte het geluid van een kind dat rouwt om haar overleden huisdier. Ze drukte haar gezicht tegen mijn borst, waarna de hysterie door het katoen van mijn jas werd gedempt. Er volgde een wonderlijke stilte toen de lift ons naar de bovenste verdieping bracht. Met het ontsluiten van de deuren werd het schaduwbeeld van een persoon zichtbaar. Ik zag een man met donkerblond haar dat strak in model zat. Hij had een getrimde snor en een glimlach om zijn mond. Zijn ogen zaten verscholen achter de glazen van een stijlvolle zonnebril.

'Goedemorgen Nick, ik zie dat het vandaag niet is gelukt om werk en privé gescheiden te houden,' sprak Thomas op een pesterige toon.

'Het is een beetje ingewikkeld.' zei ik.

'Ik zal het makkelijk voor je maken.'

'Nou, ik heb geen hulp nodig.'

'Je moet voor mij komen werken.'

'En ik werk alleen voor James.'

'Ik word de grootaandeelhouder.'

Ik begreep niet waarom Thomas wilde dat ik voor hem zou komen werken. Misschien wilde hij James dwarszitten met het oog op de verkiezing van het grootaandeelhouderschap.

Thomas stapte de lift binnen zonder op een reactie te wachten. Hij drukte op een knop en lachte met open mond. Lucy en ik stapten uit en de deuren van de lift gingen achter ons dicht. We schuifelden als twee pinguïns over het tapijt van de bovenste verdieping in de richting van mijn werkruimte.

'Dit is het kantoor van Nick Andersen,' zei ik toen ik de deur openzwaaide.

Toen ik naar binnen liep was ik aan de greep van Lucy ontsnapt. Ik ging achter mijn bureau staan en drukte op de knop van de waterkoker. Lucy kwam de ruimte binnen en keek om zich heen. Met een diepe zucht gleed ze in de stoel die voor het bureau stond. Ze sloeg haar handen voor het gezicht en begon opnieuw te huilen.

'Ik wil mijn echtgenoot spreken,' riep Lucy.

'Dit is de plek waar hij nu werkt.'

De knop van de waterkoker op het bureau was uitgeslagen. Ik pakte een beker en vulde deze met kokend water. Toen ik hem naar voren schoof liet ik een zakje thee in het water glijden. Lucy wreef met haar vingers in haar ogen. Ze staarde naar de drank alsof die haar herinnerde aan het laatste kopje groene thee dat ik haar gaf.

'Meneer Andersen,' zei Lucy, 'kunnen we nu met het vraaggesprek beginnen?'

'Ik weet het niet, Lucy,' zei ik. 'Misschien kunnen we straks gaan lunchen.'

'Ik wil komen werken op het derde departement.'

'Er zijn mensen op me aan het wachten beneden.'

Lucy greep naar haar schoudertas van het merk Hello Kitty. Ze ritste hem open en viste er een envelop uit. Toen ze deze over het bureau liet glijden zag ik het logo van de bank. Ik maakte de envelop open. Er zat een uitnodiging voor een sollicitatie in. Ik las de brief met opeengeklemde kaken en zakte in de stoel achter het bureau. Met pijn in mijn hart en darmen speelde ik de hoofdrol in een akelig toneelstukje van mijn ex-vrouw. Ik wist zeker dat ze niet weg zou gaan als ik het spel niet zou meespelen.

‘Wat is je volledige naam?’ vroeg ik.
‘Lucy Wilson Andersen,’ sprak Lucy opgewekt.
‘En waar ben je geboren?
‘Oxford.’
‘Wat is je leeftijd?’
‘Achtentwintig en een paar maanden.’
‘Waar heb je gestudeerd?’
‘De universiteit van Londen.’
‘En wat studeerde je daar?’
‘Ik deed een studie economie.’
‘Waarom wil je hier werken?’
‘Het is de grootste bank ter wereld.’
‘Aha.’
‘En ik ken mensen die hier werken.’
‘Wat zijn je sterke punten?’
‘Ik ben altijd vrolijk en heel sociaal.’
‘Hmmm.’
‘Ik doe graag dingen voor anderen.’
‘Wat zijn je zwakke punten?’
‘Ik heb een zwak voor een persoon.’
‘Dat waren alle vragen die ik had.’
‘En ben ik aangenomen?’
‘Je zult nog van ons horen.’
‘Ik kan bijna niet wachten.’
‘Kom, ik breng je naar de lift.’

Ik kwam achter het bureau vandaan en pakte de hand van Lucy. We liepen samen door de hal in de richting van het liftportaal. Toen ik op de knop drukte voelde ik dat iemand de ruimte in kwam.

‘Wat leuk om jullie samen te zien,’ sprak Donald.

‘Het is niet helemaal wat je denkt,’ zei ik.

'De laatste keer was op de bruiloft.'

'We zijn eigenlijk niet meer samen.'

'Hoe gaat het met je vader, Lucy?'

'Hij gaat een eigen bank beginnen,' vertelde Lucy.

'Maar jij werkt hier in het gebouw?'

'Nee, maar ik heb wel gesolliciteerd.'

'Want ik zoek een nieuwe assistent.'

'Ik zou graag voor u komen werken.'

'Omdat ik grootaandeelhouder word.'

Donald pakte een visitekaartje uit zijn binnenzak en gaf deze aan Lucy. Hij lachte, maakte van zijn hand een denkbeeldige telefoon en hield deze tegen zijn oor. Het leek alsof hij met haar aan het flirten was. Lucy zwaaide onschuldig naar de aandeelhouder en stapte daarna de lift binnen. De deuren van de lift gingen dicht en Lucy verdween naar de uitgang van het gebouw. Donald verliet het liftportaal en liep in de richting van zijn werkkamer. Ik stond in de hal en dacht aan de strijd om het grootaandeelhouderschap. Het leek alsof Thomas en Donald serieus bezig waren met de verkiezing, terwijl James vooral bezig was met Daisy.

12

Maandag 4 april
20.00 uur

James parkeerde zijn auto voor de entree van The Rags. Het was hem tijdens het achteruitrijden niet gelukt de stoeprand te ontwijken. De wagen stond met twee wielen op de weg en met twee wielen op het voetpad. Hij leek niet onder de indruk van de hellingsgraad waar de auto zich in bevond. James draaide de sleutels uit het contact, waardoor de autolampen werden gedoofd. Hij drukte zijn schedel tegen de hoofdsteun en haalde diep adem. De donkere smoking had zich als een moorddadige wurgslang om hem heen gewikkeld. James was zichzelf niet en dat maakte me nerveus. Ik wilde niet dat hij zich zorgen maakte, maar dat zei ik niet hardop. Ik zeg vaak dingen niet hardop, zelfs als ik dat wel zou moeten doen. Het is een gewoonte die ik heb overgehouden aan het verleden. James trok met twee handen aan de strik om zijn nek. Het licht van een straatlantaarn scheen op de verbleekte huid van zijn gezicht. Hij staarde naar het donkere straatbeeld terwijl hij zijn keel schraapte.

'Weet je zeker dat je het wilt?' vroeg ik.

'We zijn voor elkaar gemaakt,' sprak James.

'Straks kun je niet meer terug.'

'Vanavond is de laatste keer.'

'Ik hoop dat je gelukkig bent.'

'Dat ben ik alleen met Daisy.'

James greep naar een fles water in de drankhouder onder het

dashboard. Hij nam een slok waarmee hij de bittere smaak van zijn onzekerheden wegspoelde. Hij zwaaide het portier open en verdween naar de achterkant van de auto. Als een bankovervaller in een kluisruimte graaide hij een langwerpige sporttas uit de laadbak. Ik moest denken aan de sleutelscene van een bekende gangsterfilm toen we met de tas over straat liepen. Een vriendelijke lach van de portier was het ticket waarmee we de stripclub konden betreden. Ik had een vreemd gevoel ondanks het beleefde gebaar van de man. The Rags was sinds een tijdje iedere dag van de week open. De openingstijden van duistere bordelen in het oosten van de stad waren blijkbaar de standaard geworden. Het aantal bezoekers in de stripclub op maandag was opmerkelijk. Het plegen van overspel had de laatste jaren in deze kringen vermoedelijk aan populariteit gewonnen. De dames van lichte zeden brachten zoals altijd het slechtste in de mannen naar boven.

James liep naar het midden van de zaal en keek om zich heen. Er zaten grijze mannen aan de bar, maar er was geen spoor van Daisy. Hij staarde naar een danseres op het podium die aan een metalen paal hing. Daarna verdween hij in de richting van de peeskamer achter het toneel. Ik volgde hem voorbij de zwarte doeken die aan het plafond hingen.

'Wat doe jij hier?' vroeg James toen hij de deur openzwaaide.

Donald lag naakt op het bed van Daisy, boven op de satijnen kussens. Alleen zijn kruis werd bedekt door het katoen van een nauwsluitende onderbroek. Op de rand van het matras zat een jong meisje met een Hindoestaans uiterlijk. Ze streek met haar hand door het rossige haar van de man dat zich op het overgewicht rond zijn navel bevond. Het was een onsmakelijk beeld dat ik niet snel van mijn netvlies zou krijgen. Ik vond het daarnaast wel heel vreemd dat Donald precies in deze kamer was.

'James, het is hier fantastisch!' riep Donald terwijl hij zijn vuist

toonbank. Met de nauwkeurigheid van een gynaecoloog opende hij de rits, waardoor het geld zichtbaar werd. Salomon was gekleed in een roomwitte smoking en had een marineblauwe strik om zijn nek. Hij stak een sigaar op en liet de rook via zijn haakneus ontsnappen.

'Waar is Daisy?' vroeg James.

Salomon keek naar de sporttas die voor hem op de bar stond. In gedachten maakte de manager een inschatting van de totale waarde. Hij had een glinstering in zijn ogen zoals een rabbijn tijdens de rondgang door de synagoge op zaterdagmiddag.

'Goedenavond, meneer Hoffman. Welkom in het paradijs van de liefde. Blijft u hier lekker zitten en vergeet uw zorgen,' zei Salomon, en vroeg vervolgens: 'Wat kan ik voor u inschenken?'

De manager knipte met zijn vingers om de aandacht van de barman te vragen. Hij wees naar een fles champagne die op een plank aan de muur stond.

'Want ze is niet in haar kamer,' sprak James.

'We bieden u vanavond de mogelijkheid om drie nieuwe blondines te ontmoeten. En u krijgt een doos champagne van het huis,' vertelde Salomon.

De barman pakte de champagne van de plank en schoot de kurk van de fles. Hij plaatste twee glazen op de bar en schonk deze vol met bubbels.

'Ik kom de schuld van haar vader terugbetalen,' zei James.

'Er staan helemaal geen schulden meer open,' verklaarde Salomon.

De manager hief zijn glas in een proostgebaar. Hij lachte en nam een slok van de drank. Inmiddels had de barman een doos met flessen champagne voor James gebracht.

'Ik ga hier niet weg zonder haar,' zei James.

Salomon zuchtte en richtte zijn blik op James. De manager

nam een trek van de sigaar en blies de rook voor zich uit. Hij legde de tabak voorzichtig op de rand van een asbak en schraapte zijn keel.

'Daisy werkt hier niet meer. Ik heb haar verkocht aan een vaste klant die graag anoniem wil blijven. Dat is alle informatie die ik je kan geven.'

De tweede dag

God zei: 'Er moet voor het betalingsverkeer een marktplaats komen waar de producten zich van elkaar kunnen onderscheiden.' En zo gebeurde het. God maakte een marktplaats en producten konden zich van elkaar onderscheiden. Hij noemde de marktplaats het aanbod.

Het werd avond en het werd morgen.

De tweede dag.

13

Dinsdag 5 april
00.15 uur

Ik zat als een verkrampte taxichauffeur achter het stuur in de auto van James. De lichtreclames van de binnenstad schoten aan me voorbij, maar ik wist niet goed wat ik moest zeggen. Ik pijnigde mijn hersenen en zocht naar de juiste woorden. James zat onderuitgezakt in zijn stoel en leunde met zijn hoofd tegen het raam. Hij keek door het glas naar de mensen die op straat liepen. Het leek alsof iedereen gelukkig was behalve hij.

Ik parkeerde de auto voor de entree van het bankgebouw. Het lampje boven mijn hoofd schoot aan. Ik haalde de sleutels uit het contact en gaf deze aan James. Hij stapte uit en greep de doos met champagne van de achterbank. Het cadeau van Salomon zou de pijn in zijn hart kunnen verzachten.

James liep naar de ingang en hield zijn werknemerspas voor de scanner, waarna de deur openging.

Ik pakte de tas met geld uit de achterbak en volgde hem door de donkere ontvangsthal. We stapten in de lift en ik gaf de sporttas aan James. Toen de deuren op de bovenste verdieping opengingen verdween James met de drank en de sporttas naar zijn kantoor. Ik hoorde de deur van zijn kamer dichtvallen, waarna het stil werd.

Ik zwaaide de deur van mijn kantoor open en ging achter mijn bureau zitten. Het lukte me niet om stil te zitten, daarom wipte ik van de ene voet op de andere. Ik keek om me heen en zocht naar iets dat voor afleiding kon zorgen. Ik wilde James niet storen, maar ik wilde ook niet dat hij alleen was. Ik staarde een uur naar het scherm van de computer als een nerveuze ijsbeer in een dierentuin. Omdat ik niets te doen had opende ik het werknemersregister. Ik zag dat de naam van Lucy aan het document was toegevoegd. De letters op het scherm begonnen voor mijn ogen te draaien. Ik voelde een acute, hevige drang om de hulp van James te zoeken.

Toen ik het kantoor verliet zakten mijn voeten weg in het tapijt van de hal. Na minder dan tien meter was mijn nek nat van het zweet. Ik zwaaide de deur open en ging het kantoor van James binnen. James hing levenloos tegen de leuning van zijn bureaustoel. Hij zat voor zich uit te mompelen, maar ik kon hem niet verstaan. Het bruine haar zat verward, zijn shirt was gekreukt en zijn broek zat vol met vlekken. Een spuugdraad bengelde als een slakkenspoor onder zijn kin en zou een nieuwe vlek op zijn kleding maken. Het was alsof hij in een uur tijd minstens tien jaar ouder was geworden. Er bevonden zich lege flessen op het tapijt die zich over de ruimte hadden verdeeld. De prullenbak was omvergegooid en er lagen briefjes geld als losse speelkaarten op de vloer. In mijn beleving waren door een chronisch tekort aan vocht zelfs de bladeren van de kamerplanten bruin geworden. De geur van de planten had plaatsgemaakt voor een combinatie van alcohol, zweet en tranen.

'James,' fluisterde ik.

Ik stond met de handen in mijn zij naar hem te kijken. De scherpe lucht in het kantoor sloeg me op de keel en versterkte het gevoel dat ik moest kokhalzen. Op hetzelfde moment voelde ik de tranen in mijn ogen branden.

'James,' fluisterde ik nogmaals.

'Hmmm,' kreunde James.

'We zullen Daisy vinden.'

De naam van de vrouw was de toverspreuk waarmee ik de

mummie tot leven wist te wekken.

James werd wakker met een gierende kater en sloeg wild om zich heen. Hij vocht tegen een denkbeeldig monster en bracht een zweem van slechte adem door het kantoor.

'Daisy houdt niet meer van mij,' weende James.

'Catherine zal ons kunnen helpen,' beweerde ik.

'Anders had ze wel iets laten weten.'

'Zij kent de vaste klanten van Daisy.'

'Daisy heeft me verlaten voor iemand anders.'

'Je kunt het hart van een vrouw niet kopen.'

Ik was de afgelopen tijd getuige geweest van de sterke liefde tussen James en Daisy. Het was voor mij niet te begrijpen dat ze vrijwillig met iemand anders was verdwenen. Ik wilde niemand verdacht maken, maar ik dacht aan de mogelijkheid dat iemand kwade bedoelingen had. Het was in ieder geval verdacht dat ze verdween in de periode van de verkiezing om het grootaandeelhouderschap.

James stak zijn vinger in de lucht en keek verschrikt om zich heen. Hij strompelde naar de prullenbak die op het tapijt lag. Door mijn laatste opmerking was de inhoud van zijn maag naar boven gekomen. James bracht zijn hoofd boven de opening en braakte in de prullenbak. Het gele vocht daalde neer op het metaal als zure regen op het land. Hij had rooddoorlopen ogen en er hing een snottebel van braaksel aan zijn neus.

'Maar hoe kun je dat zeker weten?' vroeg James terwijl hij naar adem snakte.

'Omdat ze haar hart al aan jou heeft gegeven.'

Ik voelde een golf van misselijkheid opkomen door mijn eigen woorden. Het brandende zuur trof mijn huig en was daarna in mijn mond gelopen. Ik wist zeker dat ik het toilet in de hal niet zou halen. James zag de paniek in mijn ogen en wees naar de plant in de hoek. Ik volgde zijn aanwijzing en rende door het kantoor. Als de voorzitter van het wereldkampioenschap voetbal bracht ik de plantenbak omhoog. Ik drukte mijn kin tegen de rand en braakte over de droge aarde. Terwijl het vocht door de plant werd opgenomen voelde ik een stekende pijn in mijn adamsappel.

'Je hebt gelijk, Nick,' sprak James. 'Daisy en ik houden van elkaar.'

14

Dinsdag 5 april
16.00 uur

Ik werd uitgeput wakker in het kantoor van James. Mijn neus zat verstopt en mijn mond was droog. Ik had geen alcohol gedronken, maar voelde toch een stekende pijn in mijn hoofd. Toen ik mijn ogen opensloeg merkte ik dat ik op de vloer lag. Ik haalde mijn neus op en rook de geur van schoonmaakmiddelen. Door de chemische dampen waren mijn slijmvliezen verdoofd geraakt. Terwijl ik sliep had iemand het kantoor schoongemaakt. De lege flessen waren verdwenen en ook het briefgeld op de vloer was nergens meer te bekennen. Er stond een nieuwe prullenbak in de hoek en ook de kamerplanten waren vervangen.

'Goedemiddag, Nick,' sprak James die het kantoor binnenkwam.

James rook naar desinfecterende zeep alsof hij een douche had genomen. Hij maakte de knopen van een schoon overhemd dicht en had een hoopvolle blik in zijn ogen.

'Wat is hier allemaal gebeurd?' vroeg ik.

'We moeten naar een verjaardag.'

'Ik weet niet waar je het over hebt.'

'Donald wordt vandaag vijfenzestig.'

'Maar we zouden Daisy gaan zoeken.'

'Catherine zal ook komen.'

James stak zijn hand uit en hielp me overeind. Ik stond rechtop en zag de sterren voor mijn ogen dansen. De druk op mijn hoofd deed denken aan het gevoel tijdens het opstijgen van een vliegtuig.

Ik wreef de slaap uit mijn ogen en ging met een hand door mijn haar. James zwaaide de deur open en verliet het kantoor. Ik volgde hem en strompelde over het tapijt. We liepen door de ontvangsthal die ter ere van de verjaardag van Donald was versierd met slingers en ballonnen. Nelson was vermoedelijk de hele ochtend bezig geweest met het ophangen van de feestelijkheden. De vlaggen hingen uit terwijl mijn imaginaire vaandel levenloos aan een touw bungelde.

Ik hoorde het geluid van muziek voor kinderen toen we bij het kantoor van Donald kwamen. James klopte op de deur en deed zijn handen in de zakken.

'Gefeliciteerd met Donald!' riep een vrouwenstem toen de deur openging.

'Lucy Wilson?' vroeg James verbaasd.

'Wat leuk dat jullie er zijn!' zei Lucy.

'Wat doe jij hier?'

'Lucy Andersen,' zei de vrouw. 'Ik ben de nieuwe assistent van Donald.'

Ze stak haar hand uit naar James.

'Wie zijn er nog meer binnen?' informeerde James.

Hij spiekte door de opening van de deur als de wachter van een groep stokstaartjes.

'We zijn nu collega's, Nicky,' fluisterde Lucy.

Ze lachte en deed geen enkele moeite om haar enthousiasme te verbergen. De hysterie in haar ogen bracht de wanhoop in mij naar boven.

'Gefeliciteerd,' zei ik emotieloos toen ik James naar binnen volgde.

Het kantoor van Donald leek op een goedkope stripclub. Er hingen foto's van halfnaakte modellen aan de muur en er stond een erotisch beeld in de hoek. Op het vloerkleed met tijgerprint stond een glanzend bureau.

James had me verteld dat de werkkamer van Donald er altijd extravagant uitzag. En dat hij zijn liefde voor Aziatische vrouwen nooit onder stoelen of banken had gestoken.

Thomas leunde tegen het beeld in de hoek en was daarmee getuige van onze entree. Hij bracht een glas champagne naar het gezicht om ons daarna met een lach te begroeten.

Donald zat met Nalina op schoot achter het glanzende bureau. Hij had een gouden feesthoed op zijn hoofd en een roltong in zijn mond. Hij keek met betovering op het gezicht naar de slagroomtaart op tafel. Het licht van de vijfenzestig kaarsjes scheen in zijn ogen. Hij was als een kind dat nooit volwassen wilde zijn.

'Gefeliciteerd met Donald,' sprak James.

Hij stak zijn arm uit en schudde de hand van Nalina.

'Ik heb je niet meer gezien,' fluisterde Nalina.

'Sorry, ik kon je niet helpen.'

'Wat heb je voor me meegenomen?' vroeg Donald. 'Kan ik het gebruiken voor als ik straks grootaandeelhouder ben?'

James toverde een volmaakt vierkant doosje uit zijn broekzak. Het cadeau was kunstig verpakt in goudkleurig papier. Hij gaf het pakje aan Donald en schudde zijn hand. Donald maakte een scheur in de verpakking en opende het doosje. Hij zag twee manchetknopen met de afbeelding van de gouden uil. Donald opende de bovenste lade van het bureau en voegde de exemplaren toe aan zijn bestaande collectie.

'Heb je haar gevonden?' vroeg Nalina.

'Nee, waar is Catherine?'

'Hier,' snauwde Donald. 'Snij de taart maar aan.'

Donald pakte een mes van de tafel en drukte het in de handen van Nalina.

‘Ik dacht dat zij er ook zou zijn,’ sprak James.

‘Laat de clown maar komen!’ riep Donald.

Lucy bracht het volume van de muziek omhoog en zwaaide de deur van het kantoor open. Catherine kwam de ruimte binnen alsof ze over de catwalk van een modeshow liep. Ze droeg een zwart kostuum van latex waardoor de huid op haar rondingen werd strakgetrokken. De rimpels in haar gezicht werden bedekt door het masker van een superheldin. Catherine nam een uitdagende pose aan op het tijgerkleed in het midden van de ruimte. Ze liet zich daarna langzaam in een stoel voor het bureau glijden. De vrouw plaatste de handen op haar knieën, spreidde haar benen en lachte zodanig dat het geelbruine tandvlees tevoorschijn kwam. Ik was inmiddels tot de conclusie gekomen dat de tand des tijds een spoor van vernieling op de kattenvrouw had achtergelaten. Donald kende haar waarschijnlijk uit een tijd dat ze nog wel mooi was.

‘Welkom op het verjaardagsfeest van Donald,’ zei Catherine. ‘We spelen zoals ieder jaar het spel van de stoelendans. Wanneer de muziek klinkt dans je op het ritme en wanneer de stilte valt probeer je deze stoel te veroveren. De winnaar van het spel zal een nacht met mij doorbrengen.’

De derde dag

God zei: 'Het betalingsverkeer van alle marktplaatsen moet naar één plek stromen, zodat daar afzet verschijnt.' En zo gebeurde het. De afzet noemde hij vraag, het samengestroomde betalingsverkeer van de marktplaatsen noemde hij de beurs. En God zag dat het goed was.

God zei: 'De vraag naar producten moet toenemen en de afzet moet verder stijgen.' En zo gebeurde het. De vraag naar producten groeide en de afzet groeide verder. En God zag dat het goed was.

Het werd avond en het werd morgen.

De derde dag.

15

Woensdag 6 april
00.33 uur

Het was rond middernacht toen we door China Town reden. De huizen waren gekleurd vanwege het Chinese Nieuwjaar. Er hingen rode lampionnen aan de gevels die een warme gloed over de straat brachten. James parkeerde de auto tegenover de versierde poort van de wijk. Hij zwaaide het portier open en verdween in de richting van een donkere steeg. Catherine en ik volgde hem langs de gesloten winkels in de straat. Ik zag geen hand voor ogen door stoom dat uit een van de ventilatieroosters kwam. Toen de mist was opgetrokken zag ik een man met een verfomfaaide baard. Hij leunde tegen het grofvuil dat naast een metalen container stond. De man wees naar Catherine en mompelde iets over de stripboeken uit zijn jeugd. Ik zag een groot bord met neonletters dat boven de entree van een restaurant hing. De Gouden Draak was in verband met de ruime openingstijden zeer geliefd onder het uitgaanspubliek. James, Catherine en ik gingen het restaurant binnen dat als enige nog open was.

'Een tafel voor drie personen?' vroeg de medewerker achter de balie.

De man was pezig en mager en had een dunne snor. Hij had spleetogen alsof zijn huid te strak zat, een voorhoofd met bobbeltjes en sprietig haar. Met een vriendelijke lach was het ontbreken van zijn hoektanden zichtbaar geworden. Mijn maag knorde en iedereen kon het horen, maar ik deed alsof ik het niet merkte.

Het Chinese restaurant deed me denken aan een eethuis in Newcastle. De enige winkel in de buitenwijk die op zondag open was. Mijn vader ging daar iedere week eten halen en bleef dan lang weg. Op een zondag in het voorjaar stuurde mijn moeder me achter hem aan. Ik moest hem achtervolgen en ervoor zorgen dat hij niet te lang weg bleef. Heel de tijd had ik het gevoel alsof hij wist dat ik hem volgde. Achteraf bleek dat ook zo te zijn: hij was, zoals een echte militair, altijd op zijn hoede. Ik had hem opnieuw de kans gegeven om een vrouw te straffen voor mijn lafheid.

Het verbaasde me dat mijn vader via de achterkant het restaurant binnenging. Hij kwam na een minuut weer naar buiten en trok de dochter van de eigenaar mee naar een plek tussen twee containers. Het was een Aziatisch meisje met lang donker haar en een schuchtere blik in de ogen. Ze droeg een schort en had een theedoek in haar hand. Mijn vader sloeg de doek over zijn schouder en trok haar schort los. Hij maakte de knoopjes van haar overhemd open en deed haar rok omhoog. Terwijl hij met zijn handen in haar billen kneep zoende hij haar in de nek. Het meisje stribbelde tegen en probeerde hem in paniek van zich af te duwen. Mijn vader vergreep zich aan het jonge meisje toen de deur van de achteringang plots openging. De eigenaar van het restaurant kwam naar buiten. De man hijgde en was nat van het zweet. Een mouw van zijn overhemd hing aan flarden en zijn haren stonden recht overeind. Hij had een woedende blik in zijn ogen. De man riep iets in het Chinees, duwde mijn vader van zijn dochter af en kwam met gebalde vuist naar hem toe. Hij was zo kwaad dat hij uit balans raakte en bijna vooroverviel. Ik zag dat hij naar de vuilcontainer greep en zijn hand openhaalde. Het meisje zakte naar de grond, sloeg haar handen voor het gezicht en begon te huilen. Mijn vader had een onderkoelde blik in zijn ogen, waardoor hij er akelig uit zag.

'Dit is hoe je kinderen moet opvoeden,' riep mijn vader.

Hij greep de man bij zijn arm en stompte hem in zijn maag. Daarna trapte hij tegen het hoofd waardoor de man op een stapel vuilniszakken viel. Toen de eigenaar in een plas met bloed lag en niet meer bewoog, liep mijn vader naar de ingang van het restaurant. Hij bestelde eten voor drie personen, betaalde de rekening en vertrok weer. Ik rende naar huis en heb mijn moeder nooit durven vertellen wat ik had gezien.

James ging me voor naar de armoedige eetzaal in het restaurant. Hij nam plaats aan een tafel bij het raam en wees naar een houten stoel met een harde rugleuning. Ik probeerde het me gemakkelijk te maken, maar ik merkte dat ik niet kon ontspannen.

Catherine zat tegenover James aan de tafel, het leek alsof ze daar perse wilde zitten. Toen ik door het raam naar buiten keek zag ik de zwerver voor de container staan. De man had zijn ledematen gespreid en deed denken aan de Mens van Vitruvius. Hij staarde naar Catherine met een onheilspellende blik in zijn ogen.

'Mag ik uw bestelling?' vroeg de medewerker.

'Drie maal de pikante kip, alstublieft,' sprak James.

'Drie maal de pikante kip, bedankt,' zei de man en hij drukte zijn handen tegen elkaar.

Onder zijn oksels kringelden zweetplekken. Toen hij naar de keuken liep voelde ik een lichte misselijkheid opkomen.

'Je maakt altijd een goede keuze,' fluisterde Catherine.

'Ik ben blij dat we kunnen praten,' sprak James, die op zijn stoel zat te branden.

'Net zoals je de juiste vrouw kiest.'

Catherine drukte de achterkant van haar hand tegen de lippen van James. Ze gleed met haar vingers over zijn colbert, nam de pochet uit de borstzak en hield deze voor haar gezicht.

'Mag ik je wat vragen over Daisy?' vroeg James.

‘Ik mis haar ook heel erg, Jamie,’ verklaarde Catherine.

Het werd even stil, waarna de expressie in haar gezicht veranderde. Catherine begon te huilen en veegde haar tranen weg met de zakdoek van James. Het leek alsof ze boos was op zichzelf dat ze haar emoties had laten zien.

‘Wanneer heb je haar voor het laatst gezien?’ vroeg James.

‘Ik heb haar zondag voor het laatst gesproken,’ zei Catherine.

‘Wat kun je me daar allemaal over vertellen?’

‘We moesten van Salomon naar de herenclub.’

‘Ja, daar heb ik jullie inderdaad samen gezien.’

‘Ze had daarna een afspraak met een vaste klant.’

‘Maar ik dacht dat ik de enige vaste klant was.’

‘Alstublieft, jullie krijgen thee van het huis,’ sprak de medewerker.

Hij plaatste een theeketel die met bloemen en draken was versierd in het midden van de tafel. Toen hij de kopjes met het donkere water had gevuld was hij opnieuw uit beeld verdwenen.

‘Daisy kwam die nacht om twee uur thuis.’

‘Dus ze was al die tijd met iemand anders?’

‘Ze was heel dronken en heel emotioneel.’

‘Normaal gesproken drinkt ze helemaal niet.’

‘Ze schreeuwde moord en brand over het leven.’

‘Wat zei ze daar dan allemaal over?’

‘Ze voelde alleen nog maar haat voor mannen.’

‘En heeft ze nog iets over mij gezegd?’

‘Nee, maar wel over Julio Iglesias.’

‘Maar waarom over Julio Iglesias?’

‘Drie maal de pikante kip, alstublieft!’ riep de medewerker.

Hij stond achter een metalen kar en door zijn lach zag je de openingen tussen zijn tanden. In tegenstelling tot het gebit was er na de presentatie van de gerechten nauwelijks nog ruimte op tafel.

De duizenden rijstkorrels hadden zich over de borden verdeeld zoals miljoenen liters zand op het strand van Newcastle.

'Julio Iglesias is een van haar drie vaste klanten. Hij lijkt sprekend op de zanger. Je hebt hem vast wel eens met haar zien kletsen aan de bar. Hij doet altijd alsof ze elkaar voor de eerste keer ontmoeten. Ze was heel erg boos op hem, want hij deed dingen met haar die zij niet wilde.'

'En wie zijn de andere twee klanten?'

'Dat ben jij en iemand die ik niet ken.'

'Zou je kunnen achterhalen wie dat is?'

'Ik zal kijken wat ik voor je kan doen.'

Catherine pakte een stift uit haar tas en smeerde een rode kleur op haar lippen. Ze drukte haar mond tegen de pochet om er een blijvende herinnering op achter te laten en wierp hem naar James.

'Bedankt, Cathy,' zei James.

Hij schoof de stoel naar achter en ging rechtop staan. Met de rechterhand pakte hij zijn mobiele telefoon uit zijn binnenzak. Hij drukte met zijn duim op het scherm, hield het apparaat tegen zijn oor en verdween naar de uitgang.

Er volgde een lange stilte op het vertrek van James. Catherine dronk van de lauwe thee als sterke drank uit een borrelglaasje. Ze keek me glimlachend aan over de rand van het theekopje. Ik voelde haar ogen branden op mijn voorhoofd als een laserbehandeling tegen rimpels. In gedachten zag ik het ontstaan van een derde oog tussen mijn wenkbrauwen. Ik voelde me zo ongemakkelijk dat ik er onrustig van werd.

'Weet je, Nicky...' zei Catherine.

Ze bracht haar hand onder de tafel en streelde mijn linkerknie. Met een vloeiende beweging ging ze over het katoen op mijn bovenbeen. Daarna liet ze haar vingers via mijn lies naar de binnenkant van mijn been glijden.

‘Je lijkt wel een beetje op James,’ sprak ze.

‘Met wie is hij aan het bellen?’ vroeg ik.

‘En daar word ik opgewonden van.’

‘Hij moet niet te lang wegblijven.’

‘Ik wil dat je me nu Cathy noemt.’

‘Want anders wordt het eten koud.’

‘Jamie belt met de officier van justitie,’ zei Catherine geïrriteerd.

‘Maar hoe weet je dat eigenlijk?’

‘Hij belt altijd zijn vader als er problemen zijn,’ zei Catherine. ‘Ik weet het omdat Henry een vaste klant van mij was. Henry heeft een vrouw en een zoon die ook bij de politie werkt. Hij was er nooit voor zijn gezin omdat hij altijd in het bordeel in White Chapel was. Hij heeft me alles verteld over hoe hij verliefd werd op de moeder van James. Ze werkte in het bordeel en hij was een vaste klant van haar. Ze werd per ongeluk zwanger van hem en toen werd James geboren. James is de bastaardzoon van Henry en daarom kunnen ze niet samen gezien worden. Toch is James altijd de lieveling van zijn vader geweest.’

16

Woensdag 6 april
02.00 uur

James stuurde zijn auto door de achterstandswijken ten zuiden van de rivier. De nauwe straten deden me denken aan een glazen doolhof van een kermis. Door het eenrichtingsverkeer leek een weg terug uitgesloten. Het leven in de wijk had zombies van de mensen gemaakt. Ik begreep waarom niemand hier nog vertrouwen had in de economie.

In de auto was iedereen stil. Catherine haalde het vuil onder haar nagels vandaan. Ze zat op de achterbank met de plastic tassen van het restaurant op haar schoot. Het leek alsof ze bang was om het overgebleven eten met ons te moeten delen. De lucht van gewokte kip had zich als een tweede laag om mijn huid gewikkeld. Ik probeerde kalm te blijven, haalde adem en keek door het raam naar buiten. De straat waar Catherine woonde was nog altijd het toonbeeld van sociale uitsluiting. James parkeerde de wagen op de stoep voor de flat. Hij deed het lampje boven zijn hoofd aan en keek over zijn schouder. Catherine zwaaide het portier open en verliet de auto zonder iets te zeggen. Ze rende met de plastic tassen over straat naar de entree van de flat. Ze stak een sleutel in de voordeur en stormde de portiek binnen. James keek met grote ogen toe hoe de deur in het slot viel. Hij zei niets. Ik zei ook niets maar ik voelde dat mijn mond langzaam open zakte.

We gingen via de London Bridge naar het centrum.

De hemel was zonder wolken en de lichten van de stad waren

fel. Het gebouw van de bank was in het donker te herkennen aan de ogen van de gouden uil. James parkeerde zijn auto met de achterkant naar de entree van het bankgebouw. Hij liep naar de achterbak, pakte er een zwarte sporttas uit en gaf deze aan mij. Het was de eerste keer dat ik de kracht van het kapitalisme door mijn aderen voelde stromen. Ik stapte het gebouw binnen en liep in de richting van het liftportaal. Op sommige dagen zag ik beelden van mijn vader, maar nu hoorde ik zijn stem. Het was alsof mijn vader zich verschuilde in het donker van de lobby en in mijn oor fluisterde. Hij zei dat het leven draait om geld en dat er niets is dat belangrijker is. Ik moest het geld in de tas voor hem stelen zodat ik hem kon terugbetalen voor alles dat hij voor mij had gedaan.

De deuren van de lift gingen open en ik stapte naar binnen. Terwijl de lift me omhoog bracht werd de stem van mijn vader luider. Ik hoorde het geschreeuw van zijn stem in mijn hoofd, waardoor ik ineenkromp. Toen de deuren op de bovenste verdieping opengingen werd het ineens stil. James stapte naar buiten en liep in de richting van zijn kantoor. Ik volgde hem terwijl de spanning door mijn lichaam stroomde. Met een trillende hand plaatste ik de sporttas op tafel. Ik gleed in de stoel voor het bureau en haalde adem.

'James, laten we naar het politiebureau gaan,' zei ik hardop zonder erover na te denken.

James keek me aan en nam de bril van zijn neus. Hij blies tegen het montuur waardoor de glazen beslagen raakten. Daarna hield hij de bril tegen het licht en kneep zijn ogen samen.

'Ik zag in haar ogen dat ze met mij wilde zijn,' sprak James.

'We kunnen aangifte doen van de vermissing...'

'Toen ze die avond bij hem stond kon ik het voelen.'

'...En Julio aangeven als een van de getuigen.'

'Ik wist toen ook al dat hij niet goed voor haar was.'

'Kon de officier van justitie ons niet helpen?'

'Hij zei dat ik het heft in eigen handen moet nemen.'

James trok aan de rits van de sporttas en maakte hem open. Hij verdween met zijn hand in de opening als een goochelaar in een zwarte hoed. Er kwam geen konijn uit, ook geen stapels geld zoals ik had verwacht, maar wel handboeien en een blinddoek.

Daarnaast zag ik twee bivakmutsen, een rol ducttape en een doorzichtige flacon met poeder.

Ik herkende het medicijn omdat Lucy hetzelfde slaapmiddel gebruikte. De voorwerpen lagen over het bureau verspreid toen er op de deur werd geklopt. James schrok van het geluid, waardoor de spullen van de tafel rolden. Hij greep naar de lege tas en ging op handen en voeten zitten. Hij kroop over het tapijt en raapte de rommel bij elkaar. Ik liep naar de deur van het kantoor en zette hem op een kier.

Toen ik door de opening gluurde zag ik het bekende gezicht van Nelson. De behaarde lip van de conciërge deed me denken aan een walrus in de show van een dolfinarium.

'Goedenavond, meneer Andersen,' zei Nelson.

'We hadden nu niemand verwacht,' verklaarde ik.

'Slaapt u vannacht weer op kantoor?'

'Maar jij bent altijd van harte welkom.'

Ik keek over mijn schouder en zag dat James alle spullen weer in de tas had gedaan. Hij deed de rits van de tas dicht en stak zijn duim omhoog. Ik stapte naar achter, trok aan de deurkruk en liet Nelson binnen.

'Ik zal een kamer voor u klaarmaken,' zei Nelson.

'Bedankt, maar ik slaap thuis vannacht,' sprak ik.

'Ik heb hier iets voor meneer Hoffman.'

Nelson hield een kartonnen doos in zijn handen. Hij liep naar James en plaatste die midden op het bureau.

‘Bedankt voor de service, Nelson,’ zei James.

Nelson keek onderzoekend naar James die achter het bureau stond. Hij fronste zijn wenkbrauwen alsof hij voelde dat er iets niet pluis was. De conciërge ging door zijn knieën en pakte iets van het tapijt.

‘Ik zie dat jullie werk en plezier combineren,’ zei Nelson toen hij de doorzichtige flacon met poeder naast zijn hoofd hield.

Hij gaf James een knipoog, lachte en plaatste het medicijn op het bureau.

‘De laatste tijd heb ik slaapproblemen,’ sprak ik.

‘En slaap is het neefje van de dood,’ zei Nelson.

Nelson draaide zich om en wees met een vinger naar de zijkant van zijn hoofd. Hij ging door de deur van het kantoor en verdween in de donkere hal.

Ik staarde naar de kartonnen doos op het bureau. Er kwam een angstig gevoel over me. James opende het pakket alsof er een hoofd in zat, maar er zat alleen een witte sjaal in en een brief waarop James Hoffman stond. Hij opende de envelop en vouwde een wit vel papier open met rode letters. Met onvaste stem begon hij voor te lezen.

Geachte meneer Hoffman,

Ze zeggen dat de duivel me te pakken heeft genomen, maar dat is zeker niet waar.

Ik loop door de vallei in de schaduw van de dood en toch ben ik niet bang voor het kwaad.

Het geluk volgt mij in alle dagen van het leven, dus zal ik terugkeren in het huis van de Heer.

Ik heb de pest aan die hoer van je en ik zal haar in stukken snijden als je niet doet wat ik zeg.

Het wordt een groots meesterwerk omdat ik haar geen kans geef om te gillen.

Ik zal de oren van haar hoofd snijden en naar je opsturen als herinnering aan het plezier.

Voordat de zon opkomt ga je met een miljoen pond in een tas naar Kings Cross.

Je neemt de oostelijke ingang van het station en loopt naar de bagagehal bij platform negen.

Plaats de koffer in de kluis met nummer twee en dertig en voer de code 666 in.

Veel geluk, mede namens die hoer van je,
De Profeet

PS De sjaal van die hoer mag je houden.

17

Woensdag 6 april
04.00 uur

James parkeerde de auto op het plein voor het treinstation King's Cross. In de boeken over Harry Potter nam je vanaf hier de trein naar de Hogeschool voor Hocus Pocus. Volgens een legende ligt koningin Boudicca van de Kelten onder perron negen begraven. In de recente geschiedenis was het stationsgebied vooral bekend vanwege de prostitutie op straat. Maar door de herontwikkeling van het gebied was hier voor een groot gedeelte een einde aan gekomen.

Er stond een blonde vrouw op het plein die herinnerde aan de informatie uit het collectief geheugen. De vrouw was een wazig evenbeeld van Daisy. Ze had dezelfde huidskleur en dezelfde trekken, maar was een kwarteeuw ouder. Ze droeg een nauwsluitende jurk en haar sleutelbeenderen waren zichtbaar. Met een glimlach op het gezicht nam ze een trek van de sigaret die ze tussen haar vingers had. De rook vulde haar longen en moest de lege plek van liefde maskeren.

'Ik hou echt heel veel van haar,' fluisterde James.

Hij drukte zijn gezicht tegen het zijraam en zakte onderuit in zijn stoel. Hij staarde naar het groene licht van een straatlantaarn die op het plein stond. In gedachten mompelde hij een aantal woorden alsof het licht hem had betoverd.

'Je kunt grootaandeelhouder worden,' zei ik.

'Ze is meer dan een miljoen pond waard,' sprak hij.

‘Maar daarvoor heb je al je geld nodig.’

‘Ik heb helemaal geen geld nodig.’

‘Hier heb je al die jaren voor gewerkt.’

‘Want ik heb een huis waar we kunnen wonen.’

Ik begreep niet waarom James het risico nam om zo veel geld kwijt te raken. Het was helemaal niet zeker dat hij Daisy hiermee terug zou krijgen. Ik moest steeds denken aan Donald die een miljoen was verloren met monopolie. Hij wilde de nieuwe grootaandeelhouder worden en had dus een motief. Daarnaast was hij op de avond van de verdwijning in de stripclub. Ik wilde mijn gedachten met James delen maar dat deed ik niet.

James verliet de wagen en pakte de zwarte sporttas uit de achterbak. Hij liep over het plein in de richting van de oostelijke ingang. De blonde vrouw die tegen de muur van de entree leunde liet de peuk op straat vallen, drukte met haar hak op de tabak en zocht de aandacht van James. Hij reageerde niet en ik zag de teleurstelling in haar ogen toen ook ik haar voorbijliep.

‘Het meeste heb ik gekregen,’ zei James

‘Wat bedoel je daar precies mee?’

‘Ik kom uit een heel rijke familie.’

‘Dus de officier verdient veel geld?’

‘Hoe weet je dat Henry mijn vader is?’

‘Catherine vertelde dat ze hem goed kent.’

‘Ze kent natuurlijk veel mensen door haar werk.’

‘Maar ze zei dat ze hem echt heel goed kent.’

‘Misschien hebben ze elkaar wel eens ontmoet.’ zei James nonchalant.

‘En ook dat hij een vaste klant van haar was.’

‘Ik denk niet dat ze echt verliefd waren.’

James liep door het station en volgde de aanwijsborden naar de bagagehal. Hij versnelde zijn pas omdat hij niet meer over het onderwerp wilde praten. Ik volgde hem naar de centrale hal, waar zich een aantal roltrappen en liften bevond. Het was benauwd warm in het gebouw, als een woonkamer in een bejaardentehuis. Ik liep voorbij het donkere raam van een gesloten souvenirwinkel toen James de bagagehal binnenging. Het was stil en alleen het geluid van onze voetstappen klonk door de ruimte. Er was ook niet veel licht, waardoor het voelde alsof we in de oneindigheid liepen. In het midden van de ruimte lag een zwerver op de vloer te slapen. De man met grijs haar en een zonnebril had een fles wijn in zijn hand. De drank liep uit de fles en had een rode plas op de vloer gemaakt.

'Er moet iemand zijn die jou haat,' zei ik, en mijn stem weergalmde.

'Ik voel alleen nog maar liefde,' verklaarde James.

Het leek alsof hij het niet over iets negatiefs wilde hebben.

'Maar je moet een vijand hebben.'

'Dan houd ik ook van hem of haar.'

'En hoe denk je dan over Donald?'

'Hij is ook een deel van de familie.'

Ik dacht dat James ervan was overtuigd dat Donald niets met de verdwijning van Daisy te maken had. In mijn ogen had Donald een motief en was hij de belangrijkste verdachte. Ik was bang dat hij op James zijn geld uit was omdat hij verloren had met monopolie.

James stond voor de locker met nummer tweeëndertig en voerde de code in. Hij opende het kluisje, bracht de sporttas naar zijn borst en ging op zijn tenen staan. Terwijl hij het miljoen over de metalen bodem naar binnen schoof maakte de tas een krassend geluid. Ik zag dat aan de binnenkant van de deur een brief zat vastgeplakt. James trok de brief van het metaal en sloot de deur van de locker die daarna automatisch werd vergrendeld. Hij hield de brief voor zijn gezicht en las de tekst hardop voor.

Geachte meneer Hoffman,

Ze zeggen dat de duivel me te pakken heeft genomen, maar dat is zeker niet waar.

Ik loop door de vallei in de schaduw van de dood en toch ben ik niet bang voor het kwaad.

Het geluk volgt mij in alle dagen van het leven, dus zal ik terugkeren in het huis van de Heer.

Ik heb de pest aan die hoer, maar ik zal haar deze keer niet in stukken snijden.

Ik heb een miljoen ontvangen en daarom zal ze terugkeren naar de stripclub.

Ik wens je veel geluk,
De Profeet

‘Ik dacht dat ik dood was!’ riep de zwerver.

De man werd wakker door het geluid dat door de hal galmde. Hij drukte de fles wijn tegen zijn lippen en slurpte de overgebleven drank naar binnen. Toen de alcohol naar zijn maag stroomde liet hij een boer en slaakte daarna een zucht van verlichting.

‘Het voelt echt als een opluchting,’ sprak James.

‘Of ben ik dan toch in de hemel?’ vroeg de man.

‘Je kunt geld maar beter loslaten.’

‘Dan zijn jullie dus de engelen.’

‘En je vasthouden aan de liefde.’

18

Woensdag 6 april
04.30 uur

'Ik wil alleen nog maar hoeren neuken,' zei Julio, die zoals iedere avond aanwezig was in The Rags.

Hij had een gebruinde huid en grijs haar op de zijkant van zijn hoofd. Op een kale plek rond zijn kruin zat een toupet van bruin paardenhaar. De toupet deed me denken aan het nest van een vogel. De man had een spottend lachje en droeg een wit overhemd waarvan de mouwen waren opgerold.

'En daarom is Oekraïne het beloofde land voor mij. Er zijn daar namelijk geen vrouwen meer, er zijn daar alleen nog maar hoeren. Het is gewoon een onderdeel van de cultuur,' sprak hij lachend.

Julio greep naar zijn glas champagne en dronk het in één teug leeg. Daarna knipte hij met zijn vingers naar iemand van het personeel en bestelde een nieuwe fles champagne op de rekening van James.

'Ik werd laatst door iemand van de ambassade uitgenodigd voor een zakendiner in Kiev. Na het avondeten werden we naar een besloten gedeelte van het restaurant gebracht. De hoeren zaten daar in een kooi zoals wilde dieren in een dierentuin. Ik wist helemaal niet dat ik zo'n natuurliefhebber was!' riep Julio.

Het was inmiddels half vijf in de nacht en dertig minuten voor de sluitingstijd van The Rags. James en ik hadden de stripclub doorzocht, maar we vonden geen spoor van Daisy. Het was duidelijk dat wat er in de brief stond niet klopte en James vond dat we het heft in eigen handen moesten nemen. Het plan van zijn vader om informatie uit Julio te trekken over de verdwijning van Daisy zou dus toch doorgaan.

James, Julio en ik zaten op de loungebank aan de achterzijde van de stripclub. De aandeelhouder zat op dezelfde plek waar hij Daisy voor de eerste keer zag. Ik zat al een tijd nerveus te wachten op het juiste moment om Julio te drogeren.

'Ik haalde een meisje uit haar kooi en nam haar mee naar de binnenplaats. Het was een simpele tuin met onkruid, maar het voelde als het paradijs. Ik scheurde de kleding van haar lichaam en trok daarna mijn eigen broek uit. We waren zoals de eerste mensen op aarde. Ik was Adam, zij was Eva, en dit was het Hof van Eden. Toen we tegenover elkaar stonden heb ik minutenlang naar haar gekeken. Het blonde haar kwam tot haar borsten en weerkaatste het licht van de maan. De onschuldige blik in haar donkerbruine ogen raakte mijn hart. Ze had natte ogen en uiteindelijk liep er een traan over haar wang. Toen ik begon met het strelen van haar tepels moest ze huilen van geluk. Iedere keer dat ik mijn hand over haar rondingen liet glijden kwamen de tranen. Ik stapte naar haar toe, likte het vocht uit haar nek en ging met twee vingers bij haar naar binnen.'

Julio stak zijn armen naar voren en liet zijn handen over een denkbeeldig vrouwenlichaam glijden. Hij speelde de scene na om zijn verhaal kracht bij te zetten. James staarde naar het lege podium waar Daisy de afgelopen week nog had gedanst. Hij sloot zich af voor het verhaal van Julio en was naar zijn droomwereld vertrokken. Een wereld waar hij nog altijd samen was met zijn geliefde.

Ik was zenuwachtig en kon niet stilzitten. Ik wilde niet dat Julio nog meer zou vertellen, ik wilde dat hij zijn mond hield. In mijn onderbuik was er een strijd tussen angst en woede, maar ik zorgde ervoor dat niemand daar iets van kon zien. Julio bestelde opnieuw een fles champagne toen ik het medicijn uit mijn binnenzak pakte. Ik wipte de dop van de flacon en hield deze omgekeerd boven zijn glas op tafel. Het witte poeder liet de alcohol bruisen, waarna het in de drank oploste.

'Ik wil nu graag een toost uitbrengen,' riep ik.

'Dit is voor de hoeren van het verleden,' zei Julio.

Hij pakte het glas van de tafel, hield deze boven zijn hoofd en lachte.

'We drinken op een nieuwe vriendschap,' zei ik.

'En natuurlijk de hoeren van het heden.'

'Je bent echt een heel bijzonder persoon.'

'Maar vooral de hoeren van de toekomst.'

Julio drukte zijn glas tegen dat van James met een zelfgenoegzaam lachje op het gezicht. Ik hoopte dat het chloraalhydraat de spieren rond zijn mond zou verlammen. Het medicijn was wereldberoemd geworden in het begin van de twintigste eeuw. Micky Finn, de eigenaar van een bar in Chicago, serveerde het aan zijn eigen klanten. Door de combinatie met alcohol vielen de mensen in slaap en kon hij ze van hun portemonnee beroven. De volgende ochtend werden zijn slachtoffers wakker op straat zonder dat ze zich iets van de vorige avond konden herinneren.

'Er kwam vroeger geen eind aan het feest,' zei Julio.

Hij stond op, haalde diep adem en strekte zijn armen boven zijn hoofd. Hij opende zijn mond zoals een blauwe vinvis die jaagt op duizend kilo plankton.

'Misschien komt dat wel terug in de toekomst,' sprak James, die nu ook rechtop stond.

'En ook niet aan de drank, drugs en vrouwen.'

'Ik geloof dat alles zich uiteindelijk herhaalt.'

‘Misschien heb ik mijn beste tijd wel gehad.’

Julio mompelde nog iets in zichzelf en liep in de richting van de uitgang. Hij zwaaide naar een danseres op het podium die met een handkus afscheid van hem nam. De man klopte de portier op zijn schouder en ging door de entree. James en ik liepen naar buiten als twee roofdieren die een gewond dier achtervolgden. Julio riep iets dat ik niet kon verstaan, spreidde zijn armen en zakte toen door zijn benen. James en ik liepen vlak achter hem, waardoor we hem voor een harde landing tegen het asfalt konden behoeden. We pakten allebei een arm vast en sloegen die over ons heen.

Het zware lichaam van de man drukte op mijn schouder toen we hem naar de auto droegen. James opende het portier, waarna we Julio voorzichtig op de achterbank schoven.

‘We willen alleen maar even met je praten,’ sprak James verontschuldigend.

‘Ik ben juist blij dat hij niets meer zegt,’ fluisterde ik.

‘Omdat je ons kunt vertellen waar Daisy is.’

‘Hij zal voorlopig niet meer wakker worden.’

‘Hoeveel milligram heb je hem gegeven?’

‘Ik heb alles in de champagne gedaan.’

James keek naar de gesloten ogen van Julio en zuchtte. Hij wist dat het geen zin had om hem wakker te schudden. Hij trok aan de arm van de man en bracht de gordel om zijn middel. We wisten allebei dat een kwart van de flacon meer dan voldoende was geweest. De duizend milligram die ik hem door mijn zenuwen had gegeven was goed voor tien tot twaalf uur slaap.

De mobiele telefoon van James rinkelde. Hij keek op het scherm en stak zijn hand naar voren. Ik nam de telefoon van hem over en hield deze tegen mijn oor.

‘Dit is de telefoon van Meneer Hoffman,’ sprak ik door de microfoon.

‘Hallo, telefoon van Meneer Hoffman,’ zei de stem van een vrouw.

‘Dit is Nick Andersen van de Nieuwe Wereld.’

‘Heeft James je nu eindelijk promotie gegeven?’

‘Hallo Catherine, ik ben alleen zijn assistent.’

‘Je bent straks helemaal onweerstaanbaar.’

‘Heb je nog belangrijke informatie gevonden?’

‘Ik weet wie de derde klant van Daisy was.’

‘Dus je gaat me nu vertellen wie het is?’

‘Thomas Jensen.’

‘Thomas Jensen?’

‘Ik denk dat hij weet waar Daisy is.’

19

Woensdag 6 april
06.30 uur

Julio hing levenloos tegen de binnenkant van de autodeur. Het zweet stond op zijn voorhoofd en het leek alsof hij smolt. Met iedere uitademing maakte hij een piepend geluid als een astmapatiënt in een rookruimte. Er kwam schuim uit zijn mond, maar dat werd met iedere inademing weer opgezogen. James zat met een bezorgde blik achter het stuur van de auto. Hij was gespannen en had zijn vingers in het leer gedrukt. Ik zag dat de glazen van zijn bril waren beslagen. We reden in stilte voorbij Trafalgar Square. Ik drukte mijn gezicht tegen het raam en keek naar het standbeeld van Horatio Nelson. Net als de Spaanse vloot was ook het hart van James in het midden geraakt en bestond nu uit twee stukken. Hij dacht dat Daisy nu van Thomas was die hij als familie beschouwde. Daarnaast had hij zich laten afpersen door zijn rivaal.

'Dus Thomas ging ook met Daisy,' sprak James.

'Dat is wat Catherine tegen me zei,' verklaarde ik.

'Maar ze houdt toch alleen van mij.'

'Dat hij de derde klant van haar was.'

'Want hij kan niet van haar houden.'

'Ze hebben elkaar weleens ontmoet,' zei ik in een poging om de zware lading van het onderwerp te verlichten.

'Thomas houdt alleen maar van geld.'

Ik dacht aan de keer dat Thomas me had gevraagd om voor

hem te komen werken. Thomas wilde altijd alles wat James had en zou er alles aan doen om de nieuwe grootaandeelhouder te worden. Naast Donald was hij degene die ook een motief had om Daisy te laten verdwijnen.

James parkeerde de wagen opnieuw voor de ingang van het bankgebouw. De handrem kraakte. Julio haalde diep adem, maar werd niet wakker van het geluid. We besloten dat hij het beste zijn roes kon uitslapen op de achterbank. De man was nu het slachtoffer geworden van zijn eigen fantasie. Hij zat opgesloten in een kooi van metaal zoals het meisje in zijn verhaal. James verliet de auto en ik volgde hem naar de entree van het gebouw. Ik voelde me schuldig ten opzichte van Julio en het drukte als een last op mijn schouders.

Toen ik door het glazen voorportaal liep zag ik de vriendelijke lach van Nelson. Hij zat achter de informatiebalie en genoot van een kop koffie. De drank had een bruine kleur achtergelaten in de haren van zijn snor.

'Is het nou vroeg of juist heel laat?' vroeg Nelson.

'Ik denk dat het nu vijf voor twaalf is,' sprak ik.

'Daarom werk ik dus hard voor weinig.'

'Ik wist natuurlijk dat geld niet slaapt.'

'En dan ben ik echt nooit chagrijnig.'

'Maar niet dat het je ook wakker houdt,' zei ik.

Het was een verwijzing naar de remake van een bekende film uit de jaren tachtig. Nelson krabde in zijn snor en kneep zijn ogen dicht. Hij maakte een knik met zijn hoofd terwijl hij naar me lachte. James liep naar het liftportaal en ik ging achter hem aan. In de lift nam hij de bril van zijn neus. Hij wreef met zijn shirt over de glazen van het montuur. Het leek alsof er op dat moment duizend gedachten door zijn hoofd schoten. De lift bracht ons naar de bovenste verdieping en liet zich als een eeuwigheid voorbijgaan. Toen de deuren opengingen zag ik dat het donker was in de ontvangsthal. Alleen de groene plaat boven de nooduitgang was zichtbaar. Doordat het aanwijsbord flikkerde leek het alsof iemand ons een bericht in morsecode stuurde. James en ik verlieten de lift en gingen door het donker van de hal. We schuifelden als twee zombies in een dwaaltuin naar het kantoor van Thomas. Ik leunde met mijn rug tegen de muur en zag dat het licht door de naden van het deurkozijn kwam. James drukte de klink naar beneden, zwaaide de deur open en liep het kantoor in. Toen ik hem naar binnen volgde werd ik verblind door het kunstmatige licht. Ik kneep met mijn ogen, maar zag dat Thomas er niet was.

Het kantoor was ingericht naar het karakter van Thomas. Er hing een levensgroot portret van de man aan iedere muur. In het midden van de ruimte stond een standbeeld dat deed denken aan het werk van Michelangelo. Ook waren de initialen van de man in het tapijt genaaid. Ik voelde me ongemakkelijk doordat de ogen van Thomas op mij gericht waren. Het was een van de tactieken die mensen in het bedrijfsleven gebruikten. James nam plaats in de stoel achter het bureau van zijn rivaal.

Hij deed de computer aan, probeerde verschillende wachtwoorden uit tot het hem lukte om in te loggen. Hij zocht naar informatie die hem zou kunnen helpen om Daisy te vinden. In de historie van de browser vond hij een aantal zaken die zijn aandacht trokken. Thomas had een forum bezocht waar mannen spraken over hun ervaringen in de seksindustrie. Een andere link bracht hem naar het aanmeldformulier van een schietvereniging buiten de stad. Daarnaast vond hij een routebeschrijving naar een plaats in het noorden van het land.

'De Highland Lodges in Schotland,' sprak James.

'De schone lucht van de hooglanden,' vulde ik aan.

‘Een bungalow met nummer zesenzestig.’

‘Met de vieze geur van de provincie.’

‘Het ligt aan het water van Loch Tray.’

‘Ik was daar altijd in de zomervakantie.’

‘Maar nu is Thomas daar met Daisy.’

James keek me met een schuin hoofd onderzoekend aan. Hij kwam uit de bureaustoel en verliet het kantoor. Hij liep door het donker van de hal en ik volgde hem naar de lift. Toen we opnieuw de lift binnengingen schoten de beelden van het verleden door mijn hoofd. Ik moest denken aan de tijd op het militair internaat in Schotland. Volgens mijn vader waren het de zachte handen van mijn moeder die een dromerig kind van mij hadden gemaakt. Hij vond dat ik de harde hand van het leger moest voelen om een volwassen man te kunnen worden. Desondanks hadden de autoriteiten op het internaat me niet kunnen raken zoals de levenslessen van mijn vader.

Ik had een vriend op het internaat, Andreas. Andreas en ik waren precies even oud en we leken ook op elkaar. De andere kinderen op school dachten altijd dat we een tweeling waren. Andreas was sterker dan ik, maar toch keek hij altijd tegen me op. Hij woonde samen met zijn moeder op het vakantiepark waar wij ook in de zomer kwamen. Iedere ochtend zat hij met zijn hengel aan het meer en zag dat mijn vader en ik gingen wandelen door de hooglanden. Ik denk dat hij jaloers was omdat hij geen vader had, maar hij zag alleen de buitenkant. De expedities met mijn vader waren een hel voor mij. Het was niet zijn doel om de top van een berg te bereiken, maar om me te straffen voor mijn zwakheid. Met iedere stap voelde hij zich zowel fysiek als mentaal superieur aan mij. Als ik door de vermoeidheid niet meer verder kon werd hij boos. Hij begon dan te schelden en zei dat ik op mijn moeder leek. Dat was het tegenovergestelde van wat mijn moeder altijd tegen me zei. Ze vertelde me dat als ze in mijn ogen keek, ze moest denken aan toen ze mijn vader voor de eerste keer zag.

'Meneer Hoffman!' riep Nelson.

De stem van de conciërge weergalmde door de lobby op de begane grond. Hij stond in het midden van de ruimte en was nat van het zweet. Ik had hem nog nooit gezien zonder een lach op zijn gezicht.

'We moeten nu echt weer gaan,' sprak James.

'Iemand heeft uw hulp nodig.'

'Want we hebben niet veel tijd.'

'Hij heeft ook niet lang meer.'

Nelson ademde zwaar en wiste het zweet van zijn voorhoofd. Hij strekte zijn arm en wees in de richting van de entree. Er was hem iets opgevallen aan de man in de auto.

'Hij heeft te veel gedronken,' sprak James.

'Nee, hij krijgt geen lucht meer.'

Nelson draaide zich om en rende in volle vaart bij ons weg. De veterschoenen van de man piepten op het marmer. Hij sprong over de informatiebalie en verdween in zijn kantoor. James en ik liepen snel naar buiten. De wagen stond voor het gebouw zoals we hem hadden achtergelaten. Ik zag dat Julio nog altijd met zijn gezicht tegen het raam leunde. De oranjebruine kleur op zijn gezicht was veranderd in een witte variant van een albino. Het opgedroogde kwijl op zijn lippen was het gevolg van een oppervlakkige ademhaling. James opende het portier om Julio te bevrijden uit de auto als een hond op een zomerse dag. Hij greep de man onder zijn armen, trok hem van de achterbank en legde hem op de stoep.

'Het is tijd om wakker te worden,' sprak James.

Hij hing over Julio heen en liet het achterhoofd in zijn handen rusten.

'Ik denk niet dat hij je kan horen,' zei ik gespannen.

'Je kunt niet voor altijd blijven slapen.'

'We moeten hem wakker schudden,' riep Nelson.

De conciërge rende op ons af en had een medische koffer in zijn hand.

'Want in een droom kun je niet leven,' sprak James.

'Nick, maak het bovenlichaam klaar,' zei Nelson.

Nelson gebruikte de adrenaline in zijn lichaam om zich te kunnen focussen. Hij maakte de koffer open en ontvouwde de apparatuur op straat. Toen hij op de knop van de defibrillator drukte mompelde hij woorden die ik niet kon verstaan.

Ik was geschokt en voelde de spanning door mijn lichaam stromen. Toch was ik begonnen met het losmaken van de knopen op het overhemd van Julio terwijl ik het hemd gewoon had kunnen openscheuren. Met het openen van zijn shirt was het borsthaar van Julio verder naar buiten gekomen. Nelson drukte een scheermes in mijn handen en wees naar het haar rond de tepels van Julio. Zo snel als ik kon verwijderde ik het krullende haar van zijn borst.

'Nu moet iedereen hem loslaten,' brulde Nelson.

Hij had de twee elektroden van de defibrillator op het lichaam geplakt. De elektrische schok bracht een vibratie door het lichaam alsof Julio een nachtmerrie beleefde. Er ging een moment van stilte voorbij, waarna de conciërge begon met reanimeren. Hij drukte met twee handen de ribben naar binnen om daarna mond-op-mondbeademing toe te passen. De haren van zijn snor verspreidden het droge schuim over het gezicht van de patiënt.

Helaas was de inspanning niet voldoende om de man tot leven te wekken. Met de moed der wanhoop bracht Nelson wederom een schok door het lichaam. Het bovenlichaam van Julio bonkte omhoog zoals een mummie na een toverspreuk. Zijn ogen sperden zich open. Toen viel hij weer tegen de straat. Een stroom van braaksel vond zijn weg naar buiten. James draaide het hoofd van Julio naar de zijkant, waardoor hij niet kon stikken.

'Hij is weer terug op aarde,' sprak Nelson.

20

Woensdag 6 april
11.30 uur

James hield de controle over het stuur van de auto met zijn handen op tien over tien. Er zaten vlekken op zijn broek en zijn overhemd was gekreukt. Hij staarde naar de eindeloze autobaan die hem leek te hypnotiseren. Het langstrekkende asfalt was getuige van de wonderbaarlijke genezing van Julio. De man ademde weer en de kleur op zijn gezicht was teruggekeerd. Het leek alsof het trauma een deel van zijn hersenen had beschadigd. Door het gebrek aan zuurstof was het taalgebied terug bij het niveau uit zijn kinderjaren. Julio klonk in het begin alsof hij in tongen had leren spreken. Daarna riep hij dingen in het Spaans die ik ook niet kon verstaan. Uiteindelijk begon hij met het zingen van liederen uit zijn jeugd. Het optreden van de man deed me denken aan een verstandelijk gehandicapte tijdens de première van een apocalyptische musical.

'Laten we straks even stoppen,' sprak James.

'Ik was aan het wachten op de pauze,' zei ik.

'Want de tank is nu ook bijna leeg.'

'Ik moet mezelf namelijk even opladen.'

'Dan kunnen we meteen gaan lunchen.'

'Als hij maar niet zingt tijdens het eten.'

James nam een afslag van de snelweg die ons naar een tankstation bracht. Hij parkeerde voor een pomp, verliet de wagen en vulde de tank met benzine. Julio stopte met zingen, drukte zijn gezicht tegen het raam en keek naar het park dat zich naast het wegrestaurant bevond. Hij zwaaide het portier open, rende naar het bos en verdween tussen de bomen.

Ik begreep niet wat hij daar ging doen, maar we gingen niet achter hem aan. James deed de tank weer dicht en liep naar de automaat. Hij betaalde voor de benzine en stapte weer in de auto.

We reden naar de parkeerplaats voor de bezoekers van het wegrestaurant.

'Het is echt net een klein kind,' zei ik.

'Ik zou ook best weer jong willen zijn,' verklaarde James.

'Hij moet nu alles opnieuw leren.'

'Dan zou mijn moeder nog leven.'

'Maar ik ben zijn vader toch niet.'

'We moeten hem alleen wat liefde geven.'

Het wegrestaurant had de uitstraling van een goedkoop bordeel. Er hingen rode lampen aan de voorgevel naast een afbeelding van een vrolijke chef. Het vooroordeel dat ik had over horeca langs de snelweg werd bevestigd. Ik opende het portier van de auto en rook de penetrante lucht van urine. We liepen over de parkeerplaats waar drie motoren stonden geparkeerd. De overgelopen vuilnisbakken voor de entree maakten een walgelijke indruk op me.

James trok aan de hendel van een glazen deur en stapte het gebouw binnen. Ik volgde hem naar het restaurant, waar een lopend buffet klaarstond. James pakte een bord van tafel en opende een van de metalen bakken. Hij staarde naar de hutspot waarvan de ingrediënten ontbraken op een kaartje dat ernaast stond. Hij schepte de puree van aardappelen uit de bak en sloeg deze tegen het bord dood. Het zetmeel was in de scheuren van het servies geperst waardoor het vacuüm was getrokken. Ik had mijn oog laten vallen op een gerecht van gehaktballen in tomatensaus. Toen ik de metalen bak openmaakte zag ik dat er een verkleurde tak dreef op de tomatensaus. Ik schepte het rundvlees op mijn bord en de saus stroomde over de randen. James zat aan een wankele tafel in het midden van de ruimte. Met frisse tegenzin nam ik plaats op een stoel met vlekken.

Aan de andere kant van het restaurant zaten drie motorrijders aan een tafel bij het raam. De mannen waren breed en sterk, met gespierde armen en gezwollen aderen. Ze zagen er onverzorgd uit en hadden lang haar en lange baarden. Het waren forse bierdrinkers en ze droegen een T-shirt met het logo van de vrolijke chef. Daarnaast hadden ze ook een tattoo van hetzelfde mannetje op de achterkant van hun handen. De mannen dronken bier uit de fles waardoor de haren van hun snor nat werden.

Een tafel daarnaast zaten twee vrouwen in schaarse kleding. De blondine was niet aantrekkelijk. Ze had een grote neus, een wijkende kin en lang haar dat was getoupeerd. Ze droeg een zonnebril en twee grote oorbellen. De brunette zag er een stuk beter uit. Ze had krullend haar, bruine ogen en een stralende lach. De vrouw wapperde overdreven met een servet. Ze gluurde vanuit haar ooghoek naar mij. De blondine ging van tafel, zwaaide het haar over haar schouder en kwam in onze richting. Ze stak een sigaret op, terwijl James de hutspot naar binnen werkte.

'Kunnen we jullie ergens mee helpen?' vroeg de blondine.

De lage toon van haar stem deed vermoeden dat ze als man geboren was. Daarnaast tekende de zachte gloed van haar wangen zich af tegen de harde lijn van haar kaak.

'Hebben jullie iemand voorbij zien rennen?' vroeg James.

'Er komen hier veel mensen voorbij,' zei de brunette, die ook naar onze tafel was gekomen.

'Een man van rond de vijftig jaar oud.'

'Hij is nu vast in het park aan het spelen,' zei de brunette die met haar hand een seksuele handeling maakte.

De blondine drukte zich tegen James aan en ging met haar hand door zijn haar. Daarna liet ze haar vingers over zijn schouders naar beneden glijden. Toen de hand onder de tafel verdween schoot James naar voren.

'Hij heeft grijs haar, maar is bruin bovenop,' sprak James die met twee handen zijn kruis beschermde.

'Komen jullie ook buiten spelen?' vroeg de brunette.

Ze gebruikte het servet om de tomatensaus van mijn gezicht te vegen. Daarna liet ze het witte katoen onder haar korte rok verdwijnen. Ze stak haar handen in de lucht en lachte als een kind.

'We moeten nog huiswerk maken,' verklaarde ik.

De blondine spuugde op het bord van James en drukte de sigaret in het vocht. Er klonk een sissend geluid, waarna ze de peuk voor hem op de tafel wierp. De brunette had een bedroefde glimlach op het gezicht en maakte een smakkend geluid met haar lippen. Daarna liepen ze naar de truckers die aan de tafel bij het raam zaten. De blondine fluisterde een aantal woorden die ik niet kon verstaan. Ze stak haar arm uit en wees naar ons. James schoof zijn stoel naar achter en greep zijn portemonnee uit de binnenzak. Hij liet een briefje van vijftig pond achter op de tafel en liep naar de uitgang. Ik volgde hem door de glazen deur naar de parkeerplaats. We liepen naar de auto omdat er nergens een spoor van Julio te bekennen was.

'Waar gaan jullie heen?' riep een van de truckers achter ons.

Hij gooide een langwerpige tas op de grond en haalde er drie honkbalknuppels uit.

De man deelde ze uit aan zijn vrienden van de motorbende die naast hem stonden. De blondine wees nogmaals in onze richting terwijl de brunette met haar haar speelde.

'We gaan richting het noorden,' zei James.

'Je kunt niet afrekenen zonder te betalen,' riep de man die het woord voerde.

'Het geld ligt op de tafel waar we zaten.'

'Jullie moeten betalen voor de meiden.'

'Deze mannen zijn onze vrienden,' riep een jongen die samen met Julio uit het park kwam.

Hij was mager, had een zwarte hoed op zijn hoofd en dezelfde tattoo op zijn hand als de motorrijders. Ik denk dat hij ongeveer twintig jaar oud was en ik vroeg me af waarom hij in het park was.

'Ik wil ze hier niet meer zien, Dave,' riep de blondine.

De drie mannen haalden hun schouders op, lieten de honkbalknuppels zakken en gingen het restaurant weer binnen. De blondine was kwaad en liep in de richting van het park. De brunette zwaaide ons uit met het servet dat zij onder haar rok vandaan haalde. James, Julio en ik stapten de auto in.

'Ik ben Dave, de zoon van hem,' sprak de jongen die naast Julio op de achterbank plaatsnam.

'Bedankt dat je ons hebt geholpen,' sprak James.

'Jullie hebben mijn vader bij me gebracht.'

'We hadden niets kunnen doen zonder jou.'

'Ik heb jullie in een van mijn dromen gezien.'

'Dit voelde in ieder geval als de werkelijkheid.'

'En ook de auto met een ster op de voorkant.'

'Jullie kunnen even bij mijn ouders blijven,' zei ik.

De weg naar het vakantiepark kwam langs het huis van mijn ouders. Dave stapte in onze auto, blijkbaar had hij zelf geen vervoer. Ik voelde me schuldig en dus was het logisch om Julio en Dave een plek te bieden. Toen de woorden mijn mond verlieten had ik meteen al spijt van het aanbod.

21

Woensdag 6 april
12.00 uur

Er hing boven Newcastle altijd een depressie in de lucht. Het leek alsof het lagedrukgebied door de wind op zijn plaats werd gehouden. Door het vocht in de lucht was het altijd koud en mistig.

We reden met beslagen ramen door de buitenwijk. James wreef met een doek over het raam zodat hij naar buiten kon kijken. Hij parkeerde de auto in een straat waar alle huizen op elkaar leken. Toen ik uit de auto stapte voelde ik me meteen benauwd. Het huis van mijn ouders was een arbeiderswoning uit de jaren vijftig. Er stond een koperen haan op het dak die bij iedere windvlaag een krassend geluid maakte. Door de scheuren in de lichtblauwe verf op de voorgevel was het beton zichtbaar geworden. Het hout van de voordeur was verrot en deed denken aan de entree van een vervallen spookslot. Er hing een krans van rozen met de tekst home is where the heart is voor het kleine raam. Ik wandelde naar het huis over de met onkruid overgroeide betonnen stenen in de voortuin.

'Nicky, we zijn heel blij dat je er bent,' sprak mijn moeder toen ze de voordeur openzwaaide.

'Je hebt het blijkbaar zien aankomen,' zei ik.

'Lucy vertelde me dat jullie elkaar weer zien.'

'We werken alleen in hetzelfde gebouw.'

'En dat het allemaal weer goed zal komen.'

'Ze heeft het vast heel leuk op het kantoor.'

'Maar je kunt toch niet trouwen met je werk?'

'Ik wil je voorstellen aan James Hoffman.'

'Misschien dat u mijn zoon kunt redden,' fluisterde ze met een hand naast haar gezicht.

'Nick heeft mijn hulp echt niet nodig,' sprak James.

'Hij gaat door een verwarrende periode.'

'En we kijken natuurlijk graag vooruit.'

'Maar het huwelijk is heel belangrijk,' zei mijn moeder met ontzag in haar stem.

James en ik gingen naar binnen terwijl mijn moeder kennismaakte met Julio en Dave. De huiskamer stond in het teken van de huwelijksverjaardag van Lucy en mij. Het was namelijk precies drie maanden geleden dat we samen in het huwelijksbootje waren gestapt. Ik had het zinkende schip inmiddels verlaten, maar dat had geen invloed op de feestelijkheden. Mijn moeder hield van Lucy alsof het haar eigen kind was. Ze had een manier gevonden om de herinnering aan haar schoondochter in leven te kunnen houden. De woonkamer was tot aan het plafond versierd met slingers en ballonnen. Er stond een grote taart op de salontafel in het midden van de ruimte. De datum van het huwelijk was met gouden cijfers op de bovenlaag gespoten. Op de eettafel stond een vaas met witte lelies en een gekleurde berg van makarons. Mijn vader zat voor de tafel in zijn leunstoel tussen de decoraties gevangen. Hij had zijn armen over elkaar en staarde voor zich uit. Door de walging op zijn gezicht was het bier in zijn glas doodgeslagen.

'Wat komen jullie hier doen?' vroeg mijn vader.

'Ik wil je aan iemand voorstellen,' verklaarde ik.

'Waarom zou ik hem willen kennen?'

'Ik werk samen met uw zoon,' sprak James.

'Ik heb helemaal geen zoon.'

'Maar u bent toch echt de vader van Nick.'

'Dan lijkt hij vast sprekend op zijn moeder.'

De uitspraak van mijn vader klonk als een slechte grap door mijn hoofd. De witte lelies draaiden voor mijn ogen alsof ik een toeschouwer was van een bloemenparade.

Ik voelde een acute drang om niet langer in dezelfde ruimte te zijn als mijn vader. Met het zweet in mijn handen schoot ik over de trap naar boven. Ik vluchtte naar mijn slaapkamer waar ik mijn vroege jeugd had doorgebracht. Er was niets veranderd aan de kamer, het was alsof de tijd hier had stilgestaan. De muren waren nog altijd bedekt met de afbeeldingen van de jungle. Het eenpersoonsbed had een overtrek in camouflagekleuren. Daarnaast stond een legerkist met speelgoed van oorlogsvoertuigen. Ik keek opnieuw door het venster naar buiten in de hoop dat ik onzichtbaar was geworden.

'Ik dacht dat de oorlog voorbij was,' mompelde ik.

'Je kunt de toekomst veranderen,' sprak James vanuit de deuropening.

'Het lijkt alsof we nog altijd strijden.'

'Maar we strijden vanaf nu samen.'

'En dat zal altijd hetzelfde blijven.'

'We vechten tegen het verleden.'

James en ik verlieten de slaapkamer en gingen daarna de trap weer af. Ik volgde James door de woonkamer en vermeed oogcontact met mijn vader. We vonden de weg naar de voordeur langs de versieringen in de ruimte. Mijn moeder zat met rode wangen naast Julio op de bank. Ze had een wolk van slagroom op het stuk taart van de man gespoten. Ieder Spaans woord uit zijn mond deed haar glunderen van plezier. Mijn vader sprak met Dave over zijn tijd als commandant in het leger. Hij vertelde zoals altijd over zijn heldendaden die alleen hij zich kon herinneren. Het leek alsof hij een gesprek had met de zoon die hij nooit had gehad. James opende zachtjes de buitendeur. We liepen over de tegels van het gazon toen achter ons de deur weer openzwaaide.

'We verwachten jullie om negen uur voor het avondeten,' riep mijn moeder ons na.

22

Woensdag 6 april
15.00 uur

De eindeloze snelweg was precies zoals ik me deze kon herinneren. Ik had James zonder het gebruik van een routekaart de juiste weg gewezen. Er was in tien jaar niets veranderd aan de weg naar het vakantiepark. Het moderne asfalt maakte plaats voor de onverharde wegen van het verleden. Het laatste gedeelte van de route was buitengewoon lelijk. We namen de laatste afslag bij een vervallen tankstation dat niet meer in gebruik was. James reed de straat in die ons naar de entree van het vakantiepark bracht. We gingen voorbij de slagbomen en reden stapvoets over de zandweg in het bos. De houten bungalows stonden aan de rand van het meer vlakbij een kleine haven. Er was een berg aan de overkant van het water die ik als enige niet had beklommen. Ik had vroeger uren kunnen kijken naar het groene licht van een zendmast op de top.

We reden langs bungalow negenendertig waar een vrouw op de veranda zat. Ze nam een slok van de drank uit haar beker toen we elkaar in de ogen keken. De blik van herkenning bracht me terug naar een herinnering uit het verleden. Na mijn laatste jaar op het internaat brachten we opnieuw de zomer door op het vakantiepark. Ik was zeventien jaar en had mijn vader tijdens een van de wandelingen door de bergen verteld dat ik economie wilde gaan studeren in de hoofdstad.

Hij was kalm gebleven, ondanks dat hij wilde dat ik in het leger zou dienen. Ik voelde me opgelucht omdat ik een andere reactie had verwacht. Er was niets aan hem dat me deed denken aan de man die hij altijd was geweest. Hij was in een uitgelaten stemming en had me zelfs meegenomen naar de lokale kroeg. Daar was hij dronken geworden en had me voor de eerste keer whisky laten proeven.

Toen we later over het vakantiepark liepen kwamen we langs bungalow negenendertig. Mijn vader klom de trap op naar de veranda en ging naar de voordeur. Hij fluisterde dat hij afscheid wilde nemen van iemand en dat ik buiten moest wachten. Toen hij op het raam klopte verscheen de moeder van Andreas in de deuropening. Het was een slanke vrouw met donker haar.

Ze droeg een zwarte jurk en hoge hakken, die met iedere stap een hard geluid maakten. Mijn vader had een kort gesprek met de vrouw, waarna hij zijn lippen op haar gesloten mond drukte. Hij sloeg zijn armen om haar lichaam en ging met zijn tong over de huid van haar nek. De vrouw deinsde achteruit toen zijn handen onder haar jurk verdwenen. Ze kon hiermee voor een moment aan de handtastelijkheden ontkomen. Maar mijn vader liep de hal binnen en drukte haar opnieuw tegen zich aan. Hij fluisterde een aantal woorden in haar oor, terwijl hij zijn handen over haar rondingen liet glijden. De vrouw wendde zich van hem af en bleef zich verzetten. Ze riep om hulp en sloeg met haar handen tegen de muur. Ik weet niet waarom ik bleef kijken, maar ik was verstijfd van angst.

Mijn vader bedekte haar mond, trok haar hoofd achterover en opende met zijn andere hand de rits van zijn broek. Hij sjorde haar jurk omhoog en trok haar onderbroek naar beneden. Het geluid van haar stem werd door de palm van zijn hand gedempt. Mijn vader duwde zich tegen haar billen en drong haar lichaam binnen. Hij misbruikte haar met zoveel geweld dat de vrouw zich niet meer kon verweren. Toen hij was klaargekomen liet hij haar los. De vrouw zakte tegen de grond met haar armen om haar benen geslagen. Ze viel op haar zij en staarde levenloos naar buiten.

Op dat moment zag ik dat er een jongen achter haar stond. Het was Andreas, die zich net als ik niet meer kon bewegen. We keken elkaar in de ogen zonder iets te zeggen. Mijn vader deed de rits van zijn broek weer dicht en liep in mijn richting. Hij stak een sigaret op en vroeg of ik had gezien wat er met die vrouw was gebeurd. Ik knikte, maar had geen woord kunnen uitbrengen. Mijn vader zei dat het mijn schuld was en dat zij had moeten boeten voor mijn zwakheid. Ik had niet gedaan wat hij wilde en nu was iemand anders daar het slachtoffer van geworden. Het was tegelijkertijd een straf voor Andreas, die niets had gedaan om zijn moeder te beschermen. Volgens mijn vader was Andreas een halfbroer van mij, maar het was zeker niet zijn zoon. Dit was het moment dat ik besloot om thuis te blijven wonen. Ik wilde niet dat er nog meer mensen zouden worden gestraft voor mijn lafheid. Mijn vader zou me de komende jaren voorbereiden op mijn studie aan de Military Academy.

James en ik kwamen aan bij de bungalow met nummer zesenzestig. Hij parkeerde de auto op het gras en liep naar de veranda. De voordeur stond open, waardoor hij meteen naar binnen kon. Ik volgde hem door de hal van de bungalow. Het interieur van de woonkamer was nog altijd hetzelfde. Het houten plafond en de open haard gaven een warme uitstraling. Er stonden twee ouderwetse banken op een vloerkleed en er waren hoge ramen.

Thomas zat op het groene leer met zijn benen over elkaar en zijn handen over de rugleuning.

'Willen jullie misschien iets drinken?' vroeg hij.

'We zijn hier niet voor de drank gekomen,' sprak James.

‘Ik kan jullie de whisky aanbevelen.’

‘En we moeten nog een heel stuk rijden.’

‘Jammer, want ik drink niet graag alleen.’

‘Dus je vertelt me nu waar Daisy is.’

‘Ik weet niet waar Daisy is,’ sprak Thomas. ‘Ik heb een miljoen betaald en daarna een brief ontvangen dat ze hier zou zijn.’

Thomas haalde zijn schouders op en zuchtte. De man plaatste zijn glas op de salontafel en nam een envelop uit zijn binnenzak. Hij liet de brief over de tafel glijden in de richting van James.

‘En deze brief heb ik hier gevonden.’

Geachte meneren,

Ze zeggen dat de duivel haar te pakken heeft genomen, maar dat is zeker niet waar.

Ze loopt door de vallei in de schaduw van de dood en toch is ze niet bang voor het kwaad.

Het geluk volgt haar in alle dagen van het leven, dus zal ze terugkeren in het huis van de Heer.

Ik heb de pest aan die hoer, maar ik zal haar deze keer niet in stukken snijden.

Ik heb de miljoenen ontvangen en ze is teruggekeerd naar de stripclub.

Ze zal bij u terugkeren op de dag des oordeels.

Ik wens jullie een fijne reis,
De Profeet

23

Woensdag 6 april
21.00 uur

We reden omstreeks negen uur de buitenwijk van Newcastle binnen. Het was helemaal donker, het waaide hard en de regen kwam met bakken uit de hemel. Thomas had geen auto want hij had genoeg geld voor taxi's. Op deze manier was hij ook naar het vakantiepark gekomen. James en Thomas staarden door de voorruit naar buiten. Ze hadden in drie uur tijd geen enkel woord met elkaar gesproken. Naast elkaars rivalen waren ze nu ook lotgenoten.

'Ik weet dat Donald het heeft gedaan,' zei Thomas.

'Donald is ook een deel van de familie,' sprak James.

'Hij wilde ons hiermee tegen elkaar opzetten.'

'We kunnen elkaar alleen maar liefde geven.'

'Ik denk dat hij zichzelf de profeet noemt.'

'Hij verdient nu het voordeel van de twijfel.'

Ik voelde me niet fijn bij Thomas, maar hij sprak uit wat ik al een tijd dacht. Het was een uitgelezen kans voor Donald om James en Thomas tegen elkaar op te zetten. Het kwam hem goed uit dat ze allebei verliefd waren op hetzelfde meisje. Ik vermoedde dat hij Daisy had laten verdwijnen en hen voor miljoenen had afgeperst.

James parkeerde de auto voor het huis van mijn ouders. Thomas zwaaide het portier open en verdween in het donker. James en ik volgden hem over de gladde stenen in de voortuin. Mijn haar wapperde in de wind en ik was doorweekt toen ik bij de voordeur kwam. Ik zag het silhouet van Dave in de deuropening. Hij stond met zijn handen in de zij naar ons te kijken. De jongen nam onze jassen aan en wees ons naar de open keuken. De eettafel had een metamorfose ondergaan. Een gebraden kalkoen verving de huwelijkstaart en kleine hapjes hadden de plaats van de makarons ingenomen. De glazen op tafel waren tot de rand gevuld met rode wijn. We namen plaats in drie stoelen aan de lange zijde, terwijl mijn moeder tussen Julio en Dave aan de overkant zat. Ze had een extra bord voor Thomas uit de kast gepakt en op de tafel geplaatst. Het hoofdeinde van de tafel was de plek waar mijn vader altijd zat. Hij staarde ongeïnteresseerd naar de lege stoel aan de andere kant van het linnen. Door de versleten wervels in zijn rug kon hij zich amper nog bewegen. Hij kwam de dagen door in zijn leunstoel die bij raam stond. In mijn ogen was hij ooit de sterkste man van de hele wereld, maar nu was er alleen nog de herinnering aan de persoon uit het verleden. Hij had een enorme invloed op de jaren van mijn jeugd, maar ik wist niet of hij zich mij nog wel kon herinneren.

'Wat doen deze mensen hier?' vroeg mijn vader.

'Er is vandaag iets te vieren,' zei mijn moeder.

Ze pakte een groot mes en sneed de kalkoen in stukken.

'Kan dat dan niet ergens anders?'

'Het is een heel belangrijke dag.'

'Ik vier alleen maar de oorlog.'

Dave schoof zijn stoel naar achter en pakte de fles wijn van tafel. Hij liep naar mijn vader en schonk zijn glas vol. Mijn vader maakte een knik met zijn hoofd en drukte het glas tegen zijn lippen. Hij liet de drank in één teug in de richting van zijn maag glijden. Dave lachte beleefd en vulde het glas opnieuw. Hij plaatste de fles op tafel en ging weer zitten. Mijn vader herhaalde het ritueel door de alcohol meteen naar binnen te slurpen. Hij herinnerde zich dat de drank zijn pijn zou verzachten ondanks dat zijn geheugen was aangetast.

'Het was in het voorjaar van 1982. Ik zat in de commandobrigade van het leger dat werd uitgezonden naar Zuid-Amerika. We hadden de opdracht gekregen om de Falklandeilanden voor de kust van Argentinië te veroveren. We waren in de ochtend op het strand van het oostelijke eiland aangekomen toen we zwaar onder vuur werden genomen door de Argentijnen. Omdat de kogels in een kruisvuur door de lucht schoten moesten we schuilen in een kuil. We dachten hier op adem te komen toen ik een vreemd geluid hoorde. Het was het geluid van een granaat die tussen onze voeten viel. Ik had geen tijd om na te denken dus ik pakte het projectiel van de grond. Met al mijn kracht wierp ik de granaat in de richting waar hij vandaan was gekomen. Midden in de lucht kwam hij tot ontploffing, slechts vijf meter van ons vandaan. We konden het verplaatsen van de lucht voelen. Als ik er op die dag niet was geweest dan hadden ze het geen van allen overleefd.'

Mijn vader leunde achterover tegen de stoel en keek strak voor zich uit. Hij wachtte op het moment dat we hem met complimenten zouden overladen.

Toen het stil bleef voelde ik een knoop in mijn maag. Ik nam een slok van de rode wijn om de scherpe rand weg te nemen. Mijn moeder en Julio zaten naast elkaar en waren aan het giechelen als jonge kinderen. Ze keken elkaar in de ogen als een verliefd stel op de basisschool. Dave klapte in zijn handen om zijn respect voor mijn vader te tonen. Het applaus werd net door mijn vader in ontvangst genomen toen de bel ging.

'Je bent voor mij een held van de oorlog,' zei Dave.

Hij verliet de keuken en liep naar de voordeur.

'We verwachten nog een speciale gast,' zei mijn moeder.

'Dus er komen nu nog meer mensen?' vroeg mijn vader.

Hij had uit ergernis zijn hand voor zijn gezicht geslagen.

‘Daarom hebben we een stoel leeg gelaten.’

‘Dat had je me wel eerder kunnen vertellen.’

‘Laat de speciale gast maar binnen komen,’ riep mijn moeder.

Ze deed zoals de gastvrouw van een spelprogramma op de televisie. Dave was haar assistent en zwaaide de voordeur open. James en Thomas keken verbaasd naar mij terwijl ik mijn schouders ophaalde. Toen ik naar de hal keek was de schim van een persoon zichtbaar geworden.

‘Ik ben heel blij dat ik mocht komen,’ zei Lucy.

Lucy kwam met natte haren de open keuken binnen en nam plaats op de lege stoel. Ze boog zich over de tafel en pakte mijn hand.

‘Ik had dit kunnen zien aankomen,’ fluisterde ik.

‘Het is heel prettig om je weer te zien.’

‘Ik zou willen dat ik hetzelfde kon zeggen.’

‘Zullen we het vanaf nu weer proberen?’

‘Ik wens iedereen een heel fijne avond,’ zei ik.

Ik zuchtte diep, schoof mijn stoel naar achter en stond op. Ondanks dat er mensen aan de tafel zaten voelde ik me eenzaam. Het leek alsof er geen bloed meer door mijn aderen stroomde. Ik liep de keuken uit en zwaaide de voordeur open. Toen ik de deur achter me sloot bleef ik even in de regen staan. Ik haalde adem en voelde de druppels over mijn wangen glijden. Omdat ik het pompen van mijn hart wilde voelen begon ik met rennen. Toen ik bij het kruispunt aan het einde van de straat kwam werd het zwart voor mijn ogen.

24

Woensdag 6 april
23.30 uur

Ik hing bijna levenloos tegen de binnenkant van de autodeur. Het voelde alsof mijn hersenen waren opgezwollen. Met iedere hobbel in de weg beukte mijn achterhoofd tegen het portier. Ik drukte mijn gezicht tegen het koude raam en haalde adem. Mijn ogen waren gesloten, maar toch zag ik lichtflitsen in de duisternis. Ik deed mijn ogen open en voelde een spuugdraad aan mijn kin bengelen. Het slijm maakte contact met een donkerbruine vlek op mijn linkermouw. Een moment daarna merkte ik dat heel mijn shirt onder de bruine vlekken zat. Er zaten stukken opgedroogde aarde op de pijpen van mijn broek. Mijn armen zaten vol met schrammen alsof ik door de brandnetels had gerold. Ik gluurde door mijn wimpers naar voren en zag de ogen van James in de achteruitkijkspiegel. Naast hem keek Thomas achterom.

'Wat is er gebeurd?' vroeg ik.

'Als je wilt winnen, moet je niet vluchten,' zei Thomas.

'Je bent gestruikeld en in de modder gevallen,' sprak James.

'Ik kan me er helemaal niets van herinneren.'

'En als je niet wilt vallen, moet je niet rennen.'

'Je was bewusteloos toen ik je op straat vond,' zei James.

'Maar waar gaan we nu dan eigenlijk heen?'

'Jullie gaan vanavond bij mij overnachten.'

'En komen Julio en Dave dan ook naar jou?'

'Nee, je moeder wilde dat Julio bij haar bleef.'

Thomas stond erop dat we naar zijn huis gingen. Het kon mij eigenlijk niet schelen als ik maar niet terug hoefde naar het huis van mijn ouders. Ik had geen energie meer over om me zorgen te maken over andere dingen. We reden in stilte via de ringweg naar het centrum van de hoofdstad. Ik keek naar de rivier en zag het licht van de stad in het donkere water. Aan de oever van het zakencentrum stond het gebouw waar Thomas woonde. De eigenaar van de flat was een religieus miljardair uit India. Op de voorgevel stond een levensgrote afbeelding van een gouden ei. Het was een verwijzing naar het scheppingsverhaal van het geloof waar de eigenaar zijn geld mee verdiende. De bewoners van het complex waren voornamelijk bankiers die in het zakencentrum werkten. Daarnaast woonden er ook onderwereldfiguren die een mogelijkheid zagen voor het besteden van zwart geld. Er werden geen voorwaarden gesteld aan het betalen van de huur, behalve dat die op de eerste dag van de maand voldaan moest worden.

We kwamen aan bij de flat en reden de ondergrondse parkeergarage binnen. Er hing een beamer aan het plafond die dansscenes uit Bollywood-films op een betonnen muur projecteerde. Het geluid van de traditionele muziek klonk door de speakers en galmde door het complex. James parkeerde de terreinwagen op de parkeerplaats van Thomas die hij toch niet gebruikte.

We verlieten de auto en liepen naar de lift die de vorm had van een gouden ei. Thomas drukte op de knop, waarna de liftdeuren opengingen en er een jongen in de opening verscheen.

'Goedenavond,' zei de assistent van Thomas.

We stapten de lift in en het gouden ei bracht ons binnen een minuut naar de bovenste verdieping.

Ik keek naar de assistent van Thomas die sprekend op Andreas leek. Andreas en ik waren het contact verloren na onze tijd op het internaat. Hij ging weer bij zijn moeder wonen op het vakantiepark en ik ging studeren in Londen. Ik dacht vaak aan hem en wilde hem opzoeken, maar dat heb ik nooit gedaan. Hij stuurde me een brief toen ik in Londen woonde, maar daar heb ik nooit op gereageerd. In de brief stond dat zijn moeder hem had verteld dat wij dezelfde vader hebben. Ik begreep nu waarom we zoveel op elkaar leken en waarom we altijd zo'n sterke band hadden. Toch was ik bang dat hij op een dag ook zou moeten boeten voor mijn lafheid. En ik voelde schaamte omdat we allebei wisten dat mijn vader zijn moeder had verkracht.

De deuren van de lift gingen open en we kwamen meteen in het appartement van Thomas. We liepen door een hal waar dierenkoppen aan de muur hingen. Er stond een ivoren dressoir met een foto van de vader van Thomas. Hij had een geweer in zijn handen en poseerde voor een dode olifant. De slagtanden van de dieren waren tot de huid afgezaagd.

We volgden Thomas door een deur aan de linkerkant naar de woonkamer. In iedere hoek van de ruimte stonden Afrikaanse beelden. Er stonden twee banken met zebraprint op een vloerkleed bij de open haard. James liep naar een verrekijker bij het raam en keek door het apparaat naar buiten. Het leek alsof hij in de betonnen jungle zocht naar een teken van leven van Daisy. Maar hoe meer hij zijn best deed, hoe verder ze bij hem vandaan leek te zijn.

Thomas liep naar de kop van een leeuw boven de open haard en nam deze van de muur. Er zat een geheime kluis met een cijferslot achter verstopt. Thomas draaide aan het slot, opende de kluis en pakte een koffer uit de opening. Hij plaatste de koffer op de houten salontafel en maakte hem open. Ik zag dat er een zwart pistool en een magazijn op het noppenfolie lag. Het schokte me dat Thomas een pistool had, maar het verbaasde me niet. Thomas greep het wapen uit de koffer en liet hem tussen zijn handen rusten.

Hij keek over de loop en richtte op het achterhoofd van James.

'Ik zie een groen licht,' sprak James.

'Poef,' zei Thomas.

Hij haalde denkbeeldig de trekker over en blies tegen het uiteinde van de loop.

'Het vaart over de rivier.'

'De grote broer waakt over ons.'

'Maar het verdwijnt in het donker.'

'Hij kan nu alleen niets meer zien.'

Ik voelde me ongemakkelijk door het gedrag van Thomas, maar ik wilde niet naar huis. Ik had het gevoel dat ik James niet alleen kon laten bij hem in huis. Door het gedrag van Thomas leek het alsof hij James uit de weg wilde ruimen. Hij draaide zich om en maakte een gebaar met het pistool.

'Breng Nick maar naar het gastenverblijf,' sprak Thomas.

Het was hem nu ook opgevallen dat ik de behoefte had aan een douchebeurt en een slaapplek.

De assistent van Thomas liep via de hal naar het gastenverblijf in de rechtervleugel. Ik volgde hem door de deur naar de ingang van een inloopkast. In deze ruimte hing de kleding aan rekken die op kleur waren gesorteerd. Hij nam een donker kostuum en een pyjama van de stellage en liep door naar de badkamer. Hij hing het kostuum aan de radiator en plaatste de nachtkleding op een dressoir. Toen vulde hij een glas met water en zette dit met twee paracetamol op de wastafel. Daarna verliet hij de ruimte.

Ik deed de deur van de badkamer op slot en trok mijn kleding uit. Mijn voeten maakten contact met het koude marmer op de vloer terwijl ik de medicijnen wegspoelde. Ik draaide aan de gouden kraan in de douchecabine en liet het warme water over mijn rug stromen. De harde straal liet rode vlekken achter op mijn huid terwijl de stoom de glazen ramen deed beslaan. Ik staarde door de stralen van de douche naar het afvoerputje. Ik sloot mijn ogen en liet het water het vuil van mijn lichaam spoelen.

In mijn gedachten was ik bij Andreas, die ik jaren niet had gezien. Iedere dag van de zomervakantie zat hij op de houten steiger van de haven. Hij zat met zijn hengel in het meer en keek naar het water alsof hij de vissen kon zien zwemmen. Ik mocht nadat we een keer samen waren gaan vissen niet meer met hem omgaan van mijn moeder. De reden waarom was voor mij onbekend gebleven, maar door de brief van Andreas begreep ik het. Ik denk dat ze wist dat hij ook een zoon van haar man was. Ze was jaloers op de moeder van Andreas en daarom mocht ik geen contact hebben met mijn halfbroer.

Iedere ochtend als ik achter mijn vader liep zwaaide ik naar hem en dan zwaaide hij naar me terug. Ik had tijdens mijn tienerjaren niets liever gedaan dan met hem over het water gekeken.

Toen ik de waterkraan dichtdraaide pakte ik de badhanddoek die over de glazen cabine hing. Ik liet het katoen over mijn lichaam glijden en depte de schaafwond op mijn voorhoofd. Toen ik de pyjama had aangetrokken ging ik door een deur naar de slaapkamer. Ik ging in het bed liggen en sloeg de dekens over me heen. Toen ik mijn hoofd op het zachte kussen liet rusten viel ik direct in slaap en zag Andreas in een droom. Hij was volwassen en zat met zijn hengel aan de rand van het meer. Ik ging naast hem zitten op de steiger en staarde naar het water.

'Weet je nog dat we gingen vissen?' vroeg hij.

'Ik kan het me heel goed herinneren,' fluisterde ik.

'We zaten die dag in dezelfde boot.'

'Ik wou dat we vaker samen waren.'

'Het was een bijzondere dag voor mij.'

'Ik had de dag van mijn leven.'

De vierde dag

God zei: 'Er moet een vermogensmarkt op de beurs komen om de rijkdom te scheiden van de armoede. Ze moeten banken oprichten voor aandelen en obligaties en ze moeten dienen als kredietverstrekker voor consumenten en bedrijven, om geld te lenen aan de afnemers.'

En zo gebeurde het.

God maakte twee grote markten, de kapitaalmarkt om over de rijken te heersen, de geldmarkt om over de armen te heersen. Hij plaatste ze op de beurs om kredieten te verstrekken aan consumenten en bedrijven, om te heersen over de rijken en de armen en om de rijkdom te scheiden van de armoede. En God zag dat het goed was.

Het werd avond en het werd morgen.

De vierde dag.

25

Donderdag 7 april
07.00 uur

Er stonden minstens twintig demonstranten van Occupy London voor het gebouw van de bank. Het waren mensen die in het tentenkamp op het plein voor de St. Pauls Cathedral sliepen. Ze droegen Guy Fawkes maskers en protesteerden tegen het kapitalisme. Er hing een spandoek in de lucht met de tekst Donald Smith is een pedofiel.

James parkeerde de wagen voor het gebouw en stapte uit de auto. Hij pakte een aantal briefjes van vijftig pond uit zijn portemonnee en gaf deze aan de demonstranten. De mensen namen het geld aan en lieten ons daarna passeren. Thomas liep met de koffer in zijn hand naar de entree en hield zijn toegangspas voor de scanner. Het apparaat maakte een geluid, maar de voordeur ging niet open. Hij sloeg uit frustratie met de koffer tegen het glazen raam. James hield zijn pas voor de scanner, maar opnieuw ging de deur niet open. We werden geweigerd zoals tieners met sportschoenen voor de lokale discotheek.

'Daarom haat ik arme mensen,' mompelde Thomas.

'We kopen niet aan de deur,' zei Nelson terwijl hij de voordeur openzwaaide.

'Ik verkoop wolken in de hemel,' bromde Thomas.

'Maar dit hier is de begane grond.'

'En ik verkoop vuur in de hel.'

'Het is niet de onderwereld.'

Nelson liep door de lobby in de richting van het liftportaal.

Ik begreep waarom hij de voordeur dicht hield, maar niet waarom de passen van James en Thomas niet meer werkten. Nelson vond het blijkbaar normaal dat zijn pas het nog wel deed, want hij gaf hier geen verklaring voor.

We waren de conciërge door de centrale hal gevolgd. Hij hield een kaart voor de scanner van de lift en stuurde deze naar de bovenste verdieping. Toen we in de lift hadden plaatsgenomen stapte hij naar buiten en zwaaide naar ons. De deuren van de lift gingen dicht en Thomas plaatste de koffer op de vloer. Hij klikte de reiskist open, waardoor ik het pistool kon zien. Thomas greep het magazijn van het noppenfolie en schoof deze in het pistool.

James en ik keken naar elkaar zonder een woord te spreken. Ik voelde een knoop in mijn maag die werd strakgetrokken. Er schuilde opnieuw een combinatie van angst en woede in mij. We waren gedwongen figuranten in een politieserie. Thomas speelde een geheim agent die het kwaad uit de wereld zou helpen. Hij hield het wapen in zijn rechterhand en wreef met zijn linkerhand over de haren van zijn snor.

'Niets is sterker dan liefde,' sprak James.

'We moeten ons verdedigen,' zei Thomas.

'Wie het wapen gebruikt...'

'Alleen als het nodig is.'

'...komt door het wapen om.'

'Dan haal ik de trekker over.'

De deuren van de lift gingen open en Thomas stak het pistool door de opening. Hij gluurde door de ontvangsthal, waar alleen het groene licht van de nooduitgang knipperde. Thomas sloop over het tapijt van de hal naar het kantoor van Donald. Hij bewoog als een commando op een speciale missie in de jungle. Met zijn armen gestrekt bleef hij voor de deur staan. Hij drukte een vinger op zijn lippen en maakte een gebaar dat we hem moesten volgen. James en ik slopen door de ontvangsthal in zijn richting. Ik leunde met mijn rug tegen de muur voor het kantoor van Donald. Thomas drukte de hendel van de deur naar beneden en duwde met de loop van het pistool tegen het hout. De deur ging langzaam open waarna er een vreemd geluid klonk. Het deed me denken aan een groep bultrugwalvissen in een natuurdocumentaire. Thomas gluurde naar binnen en leek voor een moment te zijn bevroren. Hij was duidelijk verbaasd over wat hij in de kamer aantrof.

Donald zat in het midden van het kantoor op de vloer tussen de leeggelopen ballonnen van zijn verjaardag. Hij kon geen woord uitbrengen omdat hij zo hard moest huilen. De tranen liepen over zijn wangen en werden door het katoen van zijn shirt opgevangen. Er stond een bak met kip van een bekende fastfoodketen naast hem op de vloer. Hij zocht tussen de afgekloven botten naar een stuk vlees om zijn emoties te kunnen onderdrukken.

'Vertel me nu waar ze is,' zei Thomas.

Thomas ging het kantoor binnen en richtte het wapen op Donald.

'Denk je dat ze nog leeft?' vroeg Donald die geen oogcontact maakte.

Donald graaide met zijn hand in de bak met kip alsof het een grabbelton was. Hij pakte een van de botten en knaagde op een stuk pees.

'Dat zou jij moeten weten,' zei Thomas.

'Heb je haar nog gezien?' vroeg Donald.

'Want jij hebt haar ontvoerd.'

'Nalina was alles dat ik had.'

Donald gooide het kippenbot terug in de bak en was opnieuw in huilen uitgebarsten. Hij greep naar een wit papier dat op de vloer lag en wierp het in de richting van Thomas. Door het vet op zijn vingers en het vocht van zijn tranen was het papier kromgetrokken. Thomas liet zijn wapen zakken en greep de brief van de grond. Hij las wat er in de brief stond en gooide hem over zijn schouder.

'Waarom moet hij mij hebben?' weende Donald.

'Het gaat niet alleen om jou,' zei Thomas.

'Ik wist dat ze minderjarig was.'

'Hij heeft ons ook te pakken.'

'De profeet komt ermee weg.'

'Maar nu zal ik terugvechten.'

Ik zag dat Thomas geïrriteerd was door het verdriet van Donald. Hij mompelde dat Donald nooit de nieuwe grootaandeelhouder zou kunnen worden.

Hij verliet het kantoor en liep in de richting van het liftportaal. James en ik gingen het kantoor van Donald binnen.

'Ik kon het niet betalen,' zei Donald.

'Wat kon je niet betalen?' vroeg James.

'Een miljoen voor Nalina.'

'Een miljoen voor Nalina?'

'Hij heeft die journalisten gebeld.'

'Degene die zich de profeet noemt?'

'En gezegd dat ik een pedofiel ben.'

'Wie denk jij dat hier achter zit?'

'Ik weet het allemaal niet meer,' zei Donald. 'Maar ik ben bang om mijn post te openen.'

James plaatste zijn hand op de schouder van Donald en toen ging zijn mobiele telefoon. Hij liep de kamer uit en nam de telefoon op. Ik pakte het papier van de vloer en las wat er in de brief stond.

Geachte meneer Smith,

Ze zeggen dat de duivel me te pakken heeft genomen, maar dat is zeker niet waar.

Ik loop door de vallei in de schaduw van de dood en toch ben ik niet bang voor het kwaad.

Het geluk volgt mij in alle dagen van het leven, dus zal ik terugkeren in het huis van de Heer.

Ik heb de pest aan die hoer van je en ik zal haar in stukken snijden als je niet doet wat ik zeg.

Het wordt een groots meesterwerk omdat ik haar geen kans geef om te gillen.

Ik zal de oren van haar hoofd snijden en naar je opsturen als herinnering aan het plezier.

Voordat de zon opkomt ga je met een miljoen pond in een zwarte koffer naar Kings Cross.

Je neemt de oostelijke ingang van het station en loopt naar de bagagehal bij platform negen.

Plaats de koffer in de kluis met het nummer negen en zestig en voer de code 666 in.

Veel geluk mede namens die hoer van je,
De Profeet

26

Donderdag 7 april
12.00 uur

Het appartement van Catherine scoorde nog altijd een ruime onvoldoende op het gebied van hygiëne. De kattenbak was helemaal vol, waardoor je de geur van uitwerpselen kon ruiken. James en Catherine zaten naast elkaar op de bank in de woonkamer. Ze zat op een scheur in het leer waar Daisy eerder had gezeten. Ze pakte de hand van James en kroop tegen hem aan. Het leek alsof ze moest huilen, maar ze hield haar tranen binnen. Ik zei niets en keek naar een oude sitcom op de televisie. De lach van het publiek op de achtergrond deed pijn aan mijn oren. Ik was nerveus en kon daardoor niet stil blijven zitten.

'Ik hoop dat je me kunt vergeven,' fluisterde Catherine.

'Je gaat door een moeilijke tijd,' sprak James.

'Ik zou willen dat het anders was.'

'Je kunt jezelf niets kwalijk nemen.'

'Maar het is allemaal mijn schuld.'

'Er is niets dat je had kunnen doen.'

Catherine sloeg de handen voor haar gezicht en begon te huilen. De vrouw boog zich voorover en liet haar ellebogen op haar bovenbenen rusten. De zwarte lokken hingen tussen haar benen en voor de opening van haar korte rok. James keek naar mij alsof hij zich geen houding wist te geven. Hij plaatste zijn hand op de rug van Catherine en wreef zachtjes over haar pokdalige huid. Catherine ging rechtop zitten en greep een sigaret van tafel. Ze bracht de filter in haar mond terwijl haar lichaam trilde. James hielp haar met het aansteken van de sigaret en schonk rode wijn in haar glas.

'Waarom heb je me gebeld?' vroeg James.

'Ik heb nieuws over Daisy,' sprak Catherine.

Ze nam een trek van de sigaret en liet de rook over haar longen gaan.

'Dus daarom zijn we hier.'

'Een klant heeft haar gezien.'

'Hoe bedoel je?'

'Ze werkt op de Brick Lane.'

Catherine blies de rook uit, waardoor de lucht van de kattenbak naar de achtergrond verdween. De grijze walm had de ogen van James troebel gemaakt. Hij nam de bril van zijn neus en liep de woonkamer uit. Catherine legde de peuk in de asbak en nam het glas rode wijn van tafel. Ze drukte de rand tegen haar lippen en sloeg de drank achterover. Het was een van de manieren om haar emoties te kunnen verbergen.

'Dat is waar zijn moeder werkte,' fluisterde Catherine.

'James heeft zijn jeugd doorgebracht in het bordeel. Maar toen hij bij de bank ging werken heeft hij zijn moeder vrijgekocht. Hij kocht een villa waar zijn vader en moeder in het geheim samen konden zijn. Maar zij kon de rijkdom niet aan en James heeft haar dood nooit verwerkt.'

'Aha,' zei ik, omdat ik niet wist hoe ik hierop moest reageren.

'Hoe denk jij eigenlijk over mij?' vroeg Catherine.

De vrouw pakte een kwast en een doos poeder uit haar handtas. Ze liet de zwarte haren over de contouren van haar gezicht glijden.

'Ik denk dat je doet wat je kunt,' zei ik.

'Dus dat vind je aantrekkelijk?'

Catherine graaide opnieuw in haar handtas. Ze bracht een nieuwe laag mascara aan op haar lange wimpers. Daarna streek ze met een knalrode stift over haar lippen.

'En dat je helpt waar het kan,' vulde ik aan.

'Kan ik jou ergens mee helpen?' vroeg Catherine.

'Maar meer kun je ook niet doen.'

'Moet jij maar eens opletten.'

Catherine kwam van de bank en liep recht op me af. Ze stak een hand tussen haar borsten en liet een briefje van vijftig pond verschijnen. Ik dwaalde af met mijn gedachten en moest denken aan een bekende goochelaar op de televisie. Catherine greep naar mijn kruis en boog zich voorover. Met haar andere hand schoof ze het briefje van vijftig pond in mijn pantalon. Ze trok mijn gezicht naar zich toe en kuste me op mijn mond. Ik wilde vluchten, maar durfde me niet te bewegen. De mentale toestand van de kattenvrouw zou niet ten koste gaan van mijn edele delen.

'Ik wil betalen voor seks met jou,' fluisterde Catherine in mijn oor.

Ze liet mijn kruis los en ging met gespreide benen op me zitten. De korte rok die ze droeg kroop op tot haar onderrug. Ze likte de zijkant van mijn gezicht en zoog aan mijn oorlel. Ik draaide mijn hoofd van haar af en maakte me los. Met de bal van mijn hand duwde ik tegen haar schouder. Catherine deinsde achteruit, maar greep naar mijn polsen. De vrouw drukte haar gezicht tegen mijn borst en gleed langzaam naar beneden. Ze maakte een smakkend geluid en liet een spoor van rode vlekken op mijn shirt achter. Toen ze haar neus in mijn navel drukte maakte ze de knopen van mijn broek los. Het briefje van vijftig pond gleed in mijn broekspijp. Catherine trok mijn broek een stuk naar beneden en beet in het elastiek van mijn onderbroek. Ze bracht haar kin omhoog waardoor de huid van mijn onderbuik zichtbaar werd. Ze liet het elastiek uit haar mond schieten toen James in de deuropening verscheen.

'Ik kies voor liefde en niet voor angst,' sprak James.

Hij gebruikte zijn shirt als brillendoek waardoor hij ons niet kon zien. Er hing een grijze waas over zijn pupillen omdat hij nog altijd tegen zijn tranen vocht. Catherine drukte haar handen in de bank en ging rechtop zitten. Ze zat verstijfd op haar knieën en deed denken aan haar eigen kat. James schoof de poten van de bril achter zijn oren en drukte tegen het midden van het montuur. Hij liep naar de deur, zwaaide deze open en verdween in de portiek. Ik kwam van de bank en volgde hem naar de uitgang van het appartement. Toen ik door de hal schoot gleed het briefje van vijftig pond uit mijn broekspijp. Ik deed de deur achter me dicht en liep door het donker van het trappenhuis naar beneden.

27

Donderdag 7 april
16.00 uur

We reden over de Tower Bridge naar het noorden van de stad. Brick Lane was de hoofdweg die van noord naar zuid door het stadsdeel White Chapel liep. Het verkeer verplaatste zich hier in een richting waardoor we niet konden keren en we tijd hadden verspild.

Toen we door de buurt reden begreep ik waarom James zich zorgen maakte om Daisy. Catherine had me verteld dat James hier in een bordeel was opgegroeid waar zijn moeder werkte. De achterbuurt had in de loop van de jaren een slechte reputatie opgebouwd. In de negentiende eeuw was het een welvarend deel van de stad doordat specerijen hier werden verhandeld. Door de bommen in de Tweede Wereldoorlog was hier een einde aan gekomen. Vanaf de jaren zeventig werd de buurt overspoeld door immigranten uit India en Pakistan. Het verhandelen van specerijen had daarmee plaatsgemaakt voor de handel in mensen. Het oudste beroep ter wereld was nergens in de hoofdstad op deze manier tot bloei gekomen. Op iedere vijf meter bevonden zich de dames van lichte zeden die hun lichaam tegen een bodemprijs verhuurden. De pooiers hielden zich schuil in een van de vele kroegen in de straat. Ze hadden hierdoor zicht op de dames en voorkwamen werkweigering.

'We moeten het groene licht volgen,' sprak James.

'Ik denk dat we hulp nodig hebben,' beweerde ik.

‘Door de schaduw van het verleden.’

‘Er moet iemand zijn die haar kent.’

‘Ze zal ons naar de juiste weg leiden.’

‘Misschien kunnen we hen iets vragen,’ zei ik.

Ik wees naar een groep schaars geklede vrouwen die op de hoek van een kruispunt stonden. James parkeerde de auto op een plek tussen de witte lijnen voor laden en lossen. Hij drukte op de rode knop van het dashboard, waardoor de alarmlichten begonnen met knipperen. Het raam aan mijn kant zakte open. Ik zag dat het groene licht van een avondwinkel scheen op een donkere vrouw met zwaar overgewicht. Ze leunde nonchalant tegen een lantaarnpaal, terwijl ze met open mond op een snoepje kauwde. De borsten van de vrouw werden samengehouden door een groene top waar ze een korte rok en een visnetpanty onder droeg.

‘Mag ik u misschien iets vragen?’ vroeg ik beleefd.

‘Het is twintig pond per half uur,’ zei de vrouw.

Ze vermeed het oogcontact en staarde ongeïnteresseerd voor zich uit.

‘We zoeken iemand die ons kan helpen.’

‘Of twee maaltijden bij het kiprestaurant.’

‘Zou je daar met ons willen gaan eten?’

‘Ik doe alles voor een diner voor twee,’ zei de vrouw.

De donkere vrouw knipte met haar vingers om een jong meisje bij zich te roepen. Ze zwaaide het portier open en stapte de auto binnen. Daarna trok ze aan de handgreep van het plafond en schoof met haar achterwerk over de leren bekleding. In haar eentje nam ze twee plekken op de achterbank in.

De jongere vrouw had een lichte tint en de charmante uitstraling van een fotomodel uit de jaren vijftig. Ze nam op elegante wijze plaats in de auto en sloeg haar dunne benen over elkaar. Ze zat met haar handtas op schoot en trok de deur van de auto dicht.

Het contrast tussen de twee dames was levensgroot.

We reden een aantal meter door de straat en parkeerden voor de ingang van het restaurant. Binnen bestelde James vier maaltijden en betaalde voor alles. We namen plaats aan een tafel bij het raam. Er stonden vier bakken met kip, vier zakken patat en vier milkshakes in het midden van de tafel. De donkere vrouw had een van de twee dienbladen langzaam naar zich toe geschoven. Ze greep een aantal kipstukken uit een andere bak en voegde deze toe aan haar eigen maaltijd. Er stond een berg van kip voor haar die bestond uit meer dan een kilo vlees. De jonge vrouw leek niet onder de indruk van het gebrek aan manieren van haar collega. Ze snoepte van de patat alsof het gezonde groentes waren van een vegetarisch dieet.

'We zoeken een blonde vrouw,' vertelde ik.

'Dat is wat ze allemaal zeggen,' zei de vrouw.

Ze pakte een kippenbout uit de bak en drukte die in de barbecuesaus. Gretig scheurde ze het vlees in stukken, waardoor haar grijze tandvlees zichtbaar werd. Er zaten stukken wit vlees en barbecuesaus onder haar lange nagels.

'Ze werkt hier pas sinds kort.'

'Dat is wat wij allemaal zeggen,' zei ze.

De vrouw sprak met volle mond en stopte het rietje van de bananenmilkshake tussen haar lippen. Ze zoog de inhoud uit de beker waardoor haar ogen scheel keken.

'En haar naam is Daisy,' zei ik.

'Rose, weet je wat ik wil?' vroeg de donkere vrouw.

'Ik denk dat ik weet...' fluisterde Rose.

'Chocoladetaart met slagroom.'

De vrouw plaatste haar ellebogen op tafel en liet haar kin op haar handen rusten. Ze keek met grote ogen naar James. Hij schoof zijn stoel naar achter en verliet de tafel. Hij liep naar de toonbank, bestelde twee chocoladetaarten en keerde naar de tafel terug. De dikke vrouw sloeg haar armen gretig om de desserts. Ze schoof het servies naar zich toe en likte de slagroom van de cakes. De vrouw pakte een stuk taart, deed haar mond open en schoof het toetje naar binnen. Haar kaken gingen open en dicht en ik moest denken aan een slang die een mens naar binnen werkte.

'Ik denk dat ik weet wie u zoekt,' sprak Rose.

'Waarom zei je dat niet eerder?' vroeg de donkere vrouw.

De vrouw greep naar het tweede stuk taart en schoof deze ook naar binnen. Ze veegde met haar hand de kruimels van haar gezicht.

'Ze werkt nu onder het viaduct,' sprak Rose.

'Er gaat een belletje rinkelen,' zei de donkere vrouw.

'In de nachtclub van haar vader.'

'Dat betekent dat de tijd om is,' riep de donkere vrouw.

28

Donderdag 7 april
20.00 uur

We liepen naar de spoorwegovergang aan het einde van de straat. De treinen van de nationale spoorwegen raasden iedere tien minuten over het viaduct. Op dit gedeelte van het traject was er niet of nauwelijks vertraging. Dat kwam omdat ook de machinisten niet lang in dit deel van de stad wilden zijn.

James liep onder het viaduct door, langs de tientallen camera's die als ijspegels aan de constructie hingen. Hij nam de bril van zijn neus en blies tegen het montuur. Het leek alsof hij verwachtte zijn geliefde op korte termijn weer in zijn armen te kunnen sluiten.

De stripclub bevond zich naast een Bengaals restaurant waarvan de rolluiken met graffiti waren versierd. De hindoeïstische figuren in kleur contrasteerden met de grijze vuilniszakken op de stoep. The Riches had zoals alle bordelen in de stad geen ramen waar je doorheen kon kijken. Het was een moderne seksclub voor mannen uit de lagere klassen van de samenleving. Daarnaast waren de ondernemers uit het criminele milieu hier meer dan welkom. De naam van de club hing met groene letters boven de zwarte stenen van de entree. Er stond een medewerker bij de voordeur van wie ik zeker wist dat ik hem eerder had gezien. De onschuldige lach hoorde bij een jongeman die ook parkeermedewerker van de gentlemensclub was.

'Meneer Hoffman, dat is onverwacht,' zei de jongen.

'Ik had het ook niet zien aankomen,' sprak James.

'Maar het lot brengt mensen samen.'

'Dat is precies waarom we hier zijn.'

'Neemt u dan even plaats aan de bar.'

Het was nog vroeg op de avond toen we de nachtclub binnenkwamen. In de ontvangstzaal was een bar met een toonbank van marmer. Er stonden flessen drank op een plank aan de muur en daarboven hingen plasma-schermen. Ik zag beelden van amateuristische pornofilms uit de jaren negentig. Achter de bar stond een blonde vrouw met grote neptieten. Ze rookte een sigaret en staarde naar het blauwe scherm van haar telefoon. De vrouw boog voorover met haar decolleté op de bar, waardoor haar borsten omhoog werden gedrukt.

James en ik gingen zitten op een van de stoelen aan de bar.

'Kunnen we u iets vragen?' vroeg James.

'Nee, ik ben geen hoer,' zei de vrouw.

'We zoeken iemand die hier werkt.'

'Ik dacht dat ik heel duidelijk was.'

'Twee bruiswater alstublieft.'

'Dat is dan drieëndertig pond.'

De blonde serveerster schonk het water in twee glazen en plaatste deze op de bar. Ze nam een briefje van vijftig pond aan en stak deze onder het elastiek van haar beha. De vrouw was niet van plan het geld te wisselen en verliet de kleine zaal. Toen de vrouw door de klapdeuren ging zag ik een tatoeage op haar onderrug. Het zwarte aarsgewei leek zich te verontschuldigen voor het stuitende gedrag van zijn gastvrouw.

Op hetzelfde moment kwam een meisje met zwart haar de ruimte binnen. Ze droeg een turkooizen rokje en haar gezicht was oranje door het gebruik van een zelfbruiner. Het meisje was opvallend lelijk en deed me denken aan een jonge versie van Catherine.

'Jullie zijn er vroeg bij vanavond,' zei het meisje.

Ze ging tussen ons in staan en sloeg haar armen om ons heen.

'We zijn hier niet voor het plezier,' sprak James.

'Wie zal ik als eerste verwennen?'

'We zijn hier voor iets heel anders.'

'Ik kan voor jullie dansen natuurlijk.'

Het meisje liep uitdagend om me heen en klom op mijn schoot. Ze plaatste haar handen op de bar en drukte haar hakken in mijn bovenbenen. Daarna leunde ze achterover en spreidde haar benen. Met het ontsluiten van haar liezen kon ik het katoen van haar string zien. Het meisje gleed van de bar en ging weer op mijn schoot zitten. Ze draaide met haar heupen en drukte haar billen tegen mijn kruis. Daarna trok ze haar bovenstuk omlaag en legde mijn handen op haar borsten. Ik voelde me als verdoofd en durfde niet te bewegen. Het meisje begeleidde mijn handen over haar buik naar een juweel in haar navel.

Net toen mijn handen tussen haar benen verdwenen kwam er een man door de klapdeuren die achter de bar ging staan. De man van rond de vijftig jaar had vet haar en een onverzorgde ringbaard. Er zaten plooien in zijn gezicht die me deden denken aan een mopshond. De man droeg een hawaïshirt met daaronder een korte broek en slippers. Hij leek op een darter met overgewicht die tegen een alcoholverslaving streed. Toen het meisje de aanwezigheid van de man opmerkte verliet ze mijn schoot. Ze liep in de richting van de grote zaal die zich achter de klapdeuren bevond.

'Dus jij bent James Hoffman,' zei de man.

'Waar kennen wij elkaar van?' vroeg James.

'Ik heb veel over je gehoord.'

'En wie bent u dan eigenlijk?'

'Richard Green, de vader van Daisy.'

'Dus het is waar dat ze hier is.'

Richard pakte een fles drank van de plank. Hij grijnsde, schonk een glas whisky in en gaf het aan James. Zelf drukte hij de fles tegen zijn lippen en nam een flinke slok.

'Er is goed nieuws en er is slecht nieuws,' zei Richard.

Hij pakte een servet en maakte zijn kin droog.

'Ik hoor graag het goede nieuws,' sprak James.

'Daisy is van mijn schulden verlost.'

'En wat is dan het slechte nieuws?

'Ze wil jou daarom nooit meer zien.'

29

Donderdag 7 april
22.00 uur

Ik zat opnieuw achter het stuur in de auto van James. Het was in de avond en ik reed door de zakenwijk. De metaalbeurs schoot aan me voorbij, daarna de kerk van de heilige Margaret. Het was mistig, waardoor het zicht op de straat beperkt was. Door het vocht in de lucht waren druppels water op de motorkap ontstaan. Ik zocht dit keer niet naar woorden omdat er niet veel te zeggen viel. We wisten nu waar Daisy was en dat ze James niet meer wilde zien. James drukte zijn hoofd tegen het raam en had een frons op zijn gezicht. Het leek alsof hij zijn hersenen pijnigde met ingewikkelde rekensommen.

'Ze wil me niet meer zien,' sprak James.

'Dat is wat haar vader zegt,' zei ik.

'En dat geloof jij niet?'

'Misschien is het een leugen.'

'Ik draag haar in mijn hart.'

'Je hebt je eigen waarheid.'

We kwamen aan bij het laatste kruispunt voor de straat van het bankgebouw. De verkeerslichten waren oranje en er hing een blauw lint over de straat. Op de hoek van het kruispunt stonden twee piepjonge agenten, een vrouw met een lange blonde vlecht en een man met de uitstraling van een militair. Die laatste blies op een fluitje en gebaarde dat we moesten stoppen. Ik stopte op de hoek van de straat en liet het raam zakken.

‘De weg is hier afgesloten,’ zei de vrouw.

‘We werken in deze straat,’ vertelde ik.

De vrouw keek op haar horloge en fronste haar wenkbrauwen.

‘Er is een ongeluk gebeurd.’

‘Hoe moeten we dan verder?’

‘Een deel van de stoep is vrij.’

James en ik stapten uit de auto en zochten een weg langs het politielint. Toen we op de stoep liepen zag ik dat de entree van de bank was afgesloten. Er hingen linten van de politie die tussen de gebouwen over de straat waren gespannen. Voor de afgesloten rechthoek stonden twee politieauto’s met zwaailichten en een ambulance. Er waren twee mannen die een wit laken op straat plaatsten. Toen we dichterbij kwamen zag ik dat er een rode vlek in het katoen trok. Daarnaast liep een spoor van bloed in de richting van een afvoerput.

Ik kon niet zien wat er precies aan de hand was, maar mijn benen voelden als gekookte spaghetti. Terwijl ik kalm probeerde te blijven zag ik dat Thomas op ons afkwam. In het donker leek zijn gezicht een zwart masker. Hij zag er geschokt uit alsof hij iets verschrikkelijks had gezien. Hij trok met twee vingers aan de haren van zijn snor.

‘Donald heeft zelfmoord gepleegd,’ verklaarde hij.

‘Daar geloof ik helemaal niets van,’ sprak James.

‘Hij is uit het raam gesprongen.’

‘Dat kan niet waar zijn.’

‘En is doodgevallen op de straat.’

James verstijfde en staarde met een frons naar Thomas. Hij liet de woorden van de man op zich inwerken en nam de bril van zijn neus. Hij blies tegen het montuur en keek naar de donkere wolken die boven de stad hingen.

‘Dus u bent James Hoffman?’ vroeg de agent. ‘Waar kunnen

we u mee helpen?' vroeg James.

'We zouden jullie graag willen spreken.'

'We weten ook niet wat er is gebeurd.'

'Op het politiebureau hier om de hoek.'

James en ik volgden de agenten naar een van de twee politiewagens. We namen plaats op de achterbank terwijl de agent achter het stuur vriendelijk naar ons lachte. Er zat een plastic wand in de auto die de auto in twee stukken verdeelde. Ik drukte mijn gezicht tegen het raam en zag dat Thomas in de andere wagen had plaatsgenomen. Hij zat op de passagiersstoel naast de andere agent. Ik hoorde de kerkklokken twaalf keer slaan.

De vijfde dag

God zei: ‘De vermogensmarkt moet wemelen van de financiële constructies, en boven het afzetgebied, langs het aanbodgebied, moet het optimisme vliegen.’ En hij schiep de grote vooruitzichten en alle soorten financiële constructies waarvan de vermogensmarkt wemelt en krioelt, en alles dat optimistisch is. En God zag dat het goed was.

God zegende ze met de woorden: ‘Wees optimistisch en word talrijk en vul de afzetmarkt met producten. En ook het optimisme moet talrijk worden, overal op de beurs.’

Het werd avond en het werd morgen.

De vijfde dag.

30

Vrijdag 8 april
00.30 uur

De agenten brachten ons voor verhoor naar het politiebureau. Het gebouw bevond zich aan de rand van de zakenwijk en zag eruit als een vervallen bankgebouw. Er zaten scheuren in het beton en er hingen vlaggen van het koninkrijk aan de voorgevel.

We verlieten de auto en volgden de agenten naar binnen. Ze brachten ons naar een verhoorkamer aan het einde van de hal. Het was een kleine ruimte met de uitstraling van een dierenasiel in de zomervakantie. De vlekken op de wandplaten deden me denken aan tekeningen van schizofrenen. Het kunstlicht bracht een vreemde gloed op het bureau waar krassen op zaten. James en ik namen plaats op de twee stoelen voor het bureau. De agenten verlieten de ruimte en lieten ons een tijd alleen. Ik was zenuwachtig, maar dwong mezelf om stil te blijven zitten. James hing met zijn bovenlichaam over het bureau en legde zijn kin op zijn arm.

Uiteindelijk kwam een man in uniform de kamer binnen. Ik zag dat er verschillende medailles op zijn colbert zaten.

Het was midden in de nacht, maar hij had een lach om zijn mond en stralende ogen. Hij had een ingevallen gezicht en grijs haar. James en ik stonden op om de politieman te begroeten.

'Daniel Manoff,' zei de man beleefd. 'Ik ben commissaris van de politie.'

'James Hoffman. En dit is...'

'Sorry dat ik u moest laten wachten,' zei de commissaris, zonder

James de kans te geven mij voor te stellen.

'We begrijpen dat u het heel druk heeft.'

De commissaris stak zijn hand uit naar James en lachte breeduit. Hij drukte zijn hand in die van de aandeelhouder en hield deze ongeveer tien seconden vast. Het uitwisselen van de beleefdheden werd hierdoor ongemakkelijk.

De commissaris had geen aandacht voor mij en deed alsof ik niet bestond.

'U wordt verdacht van dood door schuld,' zei de commissaris. 'U en uw assistent.'

'We worden verdacht?' vroeg James.

'Daarom moet u op het bureau blijven.'

'Van dood door schuld?'

'U heeft het recht om te zwijgen,' zei de commissaris. 'Maar we hebben een getuige die beweert dat u schuldig bent aan de dood van Donald Smith.'

'Ik wil mijn advocaat spreken.'

'We zullen proberen om hem te bereiken.'

Ik zat verstijfd op mijn stoel toen ik de aanklacht hoorde. De onderkoelde toon van de man bracht een rilling over mijn rug. Het deed me denken aan mijn vader die de meest vreselijke dingen zei op een kalme manier. Ik begreep niet waarom de commissaris ons als verdachten zag.

'Ik wil u alleen wat vragen stellen,' zei de commissaris die zijn stoel naar achter schoof.

'Ik denk dat er een misverstand is,' sprak James.

De commissaris nam plaats op de stoel en leunde naar achter.

'Wat was uw relatie met Donald Smith?' vroeg de commissaris.

James was even stil, maar besloot toch te reageren.

'We waren collega's op kantoor.'

'Heeft u hem recent nog gezien?'

'Ik heb hem gisteren gesproken.'

'Weet u nog waar dat was en hoe laat?'

'Op kantoor, in de ochtend.'

'Was er iets anders dan normaal?'

'Donald was bijzonder emotioneel.'

'Weet u waarom dat was?'

James nam de bril van zijn neus en hield deze tegen het licht. Hij blies zijn warme adem tegen de glazen waardoor deze besloegen. Daarna wreef hij met zijn shirt over het montuur. Hij aarzelde een moment om het gesprek te vervolgen.

'Hij had een brief ontvangen,' sprak James.

'Weet u wat daar in stond?' vroeg de commissaris.

'Dat hij een miljoen moest betalen.'

De commissaris kneep met zijn ogen en fronste daarna zijn wenkbrauwen.

'Wat was daar de reden voor?' vroeg de commissaris.

'Er was iets met zijn vriendin,' sprak James.

'Weet u hoe zij heet?'

'Haar naam is Nalina.'

'Waar kennen zij elkaar van?'

'Ze was danseres in The Rags.'

'En daar kent u haar ook van?'

'Ik heb hen daar samen gezien.'

'Dus u komt daar ook regelmatig.'

De commissaris keek James recht in de ogen en pakte een vel papier uit zijn binnenzak. Hij deed zijn bril op en schraapte zijn keel. Het was duidelijk dat hij iets had voorbereid en dit aan James wilde laten horen.

'James Hoffman. Vijfenvijftig jaar. U bent geboren in Londen als de zoon van Maria Hoffman. Het is niet bekend wie uw vader is. U heeft een groot deel van uw jeugd doorgebracht in een bordeel in White Chapel. U bent gaan studeren aan de Universiteit van Londen en daarna bent u bij de bank gaan werken. En op een dag bent u aandeelhouder geworden. Klopt dat?' vroeg de commissaris die over zijn bril naar James staarde.

James zei niets, maar knikte alleen.

'Maar u weet niet wie uw vader is?'

'Waarom vraagt u naar mijn vader?'

'De naam Henry Madoff zegt u niets?'

James schudde zijn hoofd.

Ik merkte dat er iets veranderde in de blik van de commissaris. Het leek alsof het hem irriteerde dat James ontkende dat Henry zijn vader was. Ik voelde dat ik heel nerveus werd van zijn vragen. De commissaris pakte de bril van zijn neus en plaatste deze op tafel.

'Ik ben Daniel Madoff. Ik ben geboren in Londen als de zoon van Henry en Jacqueline Madoff. Ik heb heel mijn jeugd doorgebracht met mijn familie in Mayfair. Ik heb net als mijn vader gestudeerd aan de Police Academy in Londen en daarna ben ik bij de politie gaan werken. En op een dag ben ik commissaris geworden,' vertelde de man.

'Wat wilt u hiermee zeggen?' vroeg James alsof hij de boodschap niet begreep.

'Doe niet alsof je gek bent.'

James staarde naar de groene ogen van de commissaris en aarzelde een moment.

'Dus u bent mijn broer?' vroeg James.

'Je was een last voor mij,' siste de commissaris.

'Ik bedoel mijn halfbroer.'

'De lieveling van mijn vader.'

De commissaris lachte cynisch en schudde zijn hoofd.

'Goed om u te ontmoeten,' sprak James onschuldig.

'Jij bent een bastaard,' sneerde de commissaris.

'Het heeft een tijd geduurd.'

De commissaris kwam van zijn stoel, leunde met zijn handen op het bureau en boog zich over de tafel.

'Door jou ben ik altijd op de tweede plaats gekomen. Mijn vader was er nooit voor mijn moeder en mij, omdat hij altijd bezig was met jou en je moeder. Ik heb van alles geprobeerd om zijn aandacht te krijgen, daarom ben ik bij de politie gaan werken. Maar tot op de dag van vandaag ziet hij mij niet staan en jou wel. En jij bent de zoon van een hoer,' zei de commissaris.

'Dat moet u niet zeggen,' fluisterde James.

Hij leek het oogcontact met de commissaris te vermijden en beet op de binnenkant van zijn lip.

'Ze was een straathoer.'

'Dat moet u niet zeggen.'

James keerde zich naar binnen en brabbelde woorden die ik niet kon verstaan.

'Het is goed dat ze dood is.'

'Zeg dat niet!'

James vloog uit zijn stoel en greep naar de kraag van de commissaris. Hij had een rood hoofd dat leek te ontploffen van woede. Hij keek de commissaris recht in de ogen alsof hij zijn kop eraf wilde bijten. Ik stond op en greep naar de arm van James die de commissaris vast had. Ik probeerde hem ervan te overtuigen dat het beter was om de man los te laten. Ik merkte dat het hele lichaam van James trilde toen hij zijn hand terugtrok. Het leek alsof hij er even niet meer was toen hij op zijn stoel ging zitten.

De commissaris lachte hardop alsof hij de duivel zelf was. Hij genoot zichtbaar van de emotie die hij bij James had losgemaakt. Ik denk dat hij het doel van het verhoor hiermee had bereikt.

‘Je bent niet geboren uit liefde, je bent geboren uit een vergissing,’ sprak de commissaris cynisch.

‘Maar je bent geboren in armoede en je zult sterven in armoede. Als mijn vader er niet voor je was dan zou je nu een crimineel zijn. Ik ben degene die mensen zoals jij opsluit voor de rest van hun leven. Je kunt je niet meer verstoppen in een bordeel aan de andere kant van de stad. Hier bepaal ik wie vrij komt en wie achter de tralies blijft zitten.’

31

Vrijdag 8 april
02.30 uur

Een bewaker van het politiebureau bracht ons van de verhoorkamer naar het cellencomplex. De man had een kapsel waarbij de zijkanten waren opgeschoren. Het halflange haar boven op zijn hoofd was strak naar achter gekamd. De bewaker had de mentaliteit van een grenswachter ten tijde van de Koude Oorlog. Het cellencomplex bevond zich in de kelder van het politiebureau en was via een wenteltrap te bereiken. James en ik gingen de trap af die met iedere stap heen en weer schudde.

Toen ik beneden was vroeg ik mezelf af wat ik hier deed. Blijkbaar vond de commissaris dat ik medeplichtig was aan een verzonnen aanklacht.

Het verhoor ging eigenlijk niet over de dood van Donald maar over een persoonlijke kwestie. De commissaris zou ons in ieder geval niet snel weer laten gaan.

De bewaker maakte een metalen hekwerk open met een van de sleutels die aan zijn broek hingen. We gingen door het hek en kwamen in een langwerpige hal die me deed denken aan een middeleeuwse kerker. Er bevond zich aan beide kanten een rij met verschillende cellen. Ik liep voorbij een cel waar een man op een matras lag te snurken. Hij had een zonnebril op zijn neus en een verfomfaaide baard met grijze haren. Hij leek op de zwerver die we eerder bij het restaurant en het treinstation waren tegengekomen.

De bewaker maakte een van de cellen open in het midden van de hal. James en ik gingen de kleine ruimte binnen, waarna hij de tralies dichtmaakte. Met een grijns op zijn gezicht vertrok hij weer naar zijn plaats bij de entree. James ging op de rand van het bed zitten en sloeg zijn handen voor het gezicht. Ik zag dat het lichaamsvocht van criminelen in het matras was getrokken. Er waren geen ramen aan de bovenkant van de wanden en het voelde alsof we nooit meer het daglicht zouden aanschouwen. De muren waren beschimmeld en zaten vol met donkere vlekken. Er hing een donzige lucht als de geur van een natte winterjas in een locker. In de hoek bevond zich een wc van aluminium waarvan de bril met papier was versierd.

'James, we hebben echt hulp nodig,' fluisterde ik.

'Hij zei dingen over mijn moeder,' sprak James.

'Er is iemand die ons kan helpen.'

'Ik voelde dat er iets brak in mij.'

'Kunnen we je vader niet bellen?'

'Ik kan het niet meer repareren.'

'Meneer, kan ik u even spreken?' riep ik naar de bewaker.

De man slaakte een diepe zucht en liep met tegenzin door de lange hal. Met iedere stap die hij maakte hoorde ik het geluid van de sleutelbos die aan zijn broekzak hing. Hij keek ongeïnteresseerd naar me toen hij voor het traliewerk stond.

'Kun je soms niet slapen?'

'Ik wil u graag iets vragen,' zei ik.

'Het is midden in de nacht.'

'Kan ik de officier spreken?'

'Ik zal kijken wat ik kan doen.'

De bewaker lachte met een onaangename grijns op zijn gezicht en ging met een hand door zijn haar. De arrogante houding van de man was totaal misplaatst. Hij greep naar het pakje sigaretten in zijn borstzak en stak een peuk tussen zijn lippen. Met zijn andere hand hield hij een aansteker onder de tabak. De bewaker nam een trek van de sigaret en stak deze tussen de tralies door.

'Nee, bedankt,' zei ik verontschuldigend.

De bewaker trok een lelijk gezicht en schoot de sigaret in mijn richting. Ik stapte naar achter terwijl de rode punt van de tabak langs mijn gezicht vloog. De peuk raakte de vloer en rolde nog een aantal centimeter door. De cipier moest lachen door de schrik op mijn gezicht. Hij stak een nieuwe sigaret op en liep naar de entree.

Op hetzelfde moment hoorde ik dat het metalen hekwerk opening. Er kwam iemand de lange hal binnen en zijn voetstappen weergalmden. Ik drukte de zijkant van mijn hoofd tegen de tralies, maar kon niet zien wie het was. Het was me wel opgevallen dat de cipier was gestopt met lachen. Hij stond rechtop en bracht zijn hand ter hoogte van zijn slaap. De sigaret glipte tussen zijn vingers uit en rolde op de vloer. Toen de bezoeker eropaf stapte, herkende ik hem meteen. Het was de officier van justitie, die zoals altijd een sigaar in zijn mond had. Hij droeg een zwarte hoed en een kostuum dat iets te ruim zat. Hij drukte met de hak van zijn schoen tegen de sigaret op de vloer.

'Roken is heel slecht voor je,' fluisterde hij.

'Ik weet dat het niet goed is,' zei de cipier.

Hij liep rood aan en ik zag de vlekken in zijn nek.

'Je kunt maar beter stoppen.'

De officier vervolgde zijn weg en liep naar onze cel. Hij pakte een ouderwetse klok uit zijn broekzak en staarde naar de tijd.

'James, het is tijd om hier weg te gaan,' zei de man.

'Bedankt, maar ik heb geen hulp nodig,' sprak James.

'Wil je hier dan voor altijd blijven?'

'Er is niets waar ik nog naar terug kan.'

'Misschien moet je het verleden loslaten.'

'Dat is makkelijk om te zeggen voor jou.'
'Ik kon je toen niet helpen, maar nu wel.'
'Hoe wil je ons hier uit krijgen dan?'
'Als je dit formulier nu even ondertekent.'
'En waar moet ik dan mee akkoord gaan?'
'Je kunt hiermee op borgtocht vrijkomen.'
'Maar ik heb helemaal niets misdaan.'
'Thomas Jensen heeft tegen jullie verklaard.'

32

Vrijdag 8 april
03.30 uur

Het was diep in de nacht toen we het landgoed van James binnenreden. De officier van justitie bracht zijn wagen door het bekende park aan de rand van de binnenstad. Hij voerde een code in, waarna een zwart hek openging. Er stonden bomen met witte bloemen naast het zandpad die in dezelfde vorm waren gesnoeid. Daarachter bevond zich een beeldentuin met sculpturen die me deden denken aan de klassieke oudheid. De politieauto kwam tot stilstand op een kleine rotonde voor een monumentaal pand. Het licht van tientallen spots scheen op de witte zuilen van de villa. Achter de ramen van de meer dan tien kamers was het donker.

'Je kunt niet terug naar het verleden,' zei de officier.

'Maar ik geloof dat het wel kan,' sprak James.

'En je kunt het niet veranderen.'

'Ik voel me ontzettend schuldig.'

'Het is allemaal niet jouw schuld.'

'En Daisy lijkt precies op mama.'

James zwaaide het portier van de politiewagen open en liep naar de voordeur. Ik glimlachte ter afscheid naar de officier van justitie en volgde James naar de olijfgroene voordeur die hij openmaakte. Hij stapte het huis binnen en drukte op de lichtknop. Ik zag een schitterende hal waar een kroonluchter aan het plafond hing. Er stond een vleugel in het midden van de ruimte die het licht weerkaatste. Het witte marmer op de vloer liep over in een trap die van twee kanten te betreden was. Het hout van de treden was in het midden bedekt met de rode kleur van suède. Op de plek waar de trappen bij elkaar kwamen stond een pilaar met een witte jurk achter glas.

'Dit is het huis van de familie,' sprak James.

'Het ziet er echt schitterend uit,' zei ik.

'Ik heb het voor mijn ouders gekocht.'

'Je geeft heel veel om jouw familie.'

'Maar het is niets waard zonder haar.'

James liep de trap op aan de linkerzijde van de hal. Het waren minstens dertig treden naar boven, maar het kostte hem geen moeite. Hij keek naar de jurk die zich achter glas bevond en verdween daarna op de donkere overloop. Ik zocht mijn weg naar boven via de rechterkant van de trap. Door de fysieke inspanning moest ik boven even op adem komen. James ging een kamer aan de zuidkant binnen. Ik volgde hem door een gang en ging dezelfde kamer binnen. Het was een ruime slaapkamer met kledingkasten die tot het plafond liepen. Er was een verschuifbare ladder zoals je die alleen in films ziet. De enorme ramen keken uit over het water van het meer in de achtertuin. In het midden stond een tweepersoonsbed waarvan de lakens waren opengeslagen.

'Dit was de kamer van mijn ouders,' zei James.

'Maar ze zijn niet meer bij elkaar?' vroeg ik.

'Mijn vader heb je al ontmoet.'

'Dat is de officier van justitie.'

'Mijn moeder leeft niet meer.'

'Dat is vervelend om te horen.'

James verliet de ruimte zonder het uitspreken van een laatste groet. Het leek alsof hij zijn emoties niet langer kon bedwingen. Hij verdween in de gang en ik hoorde dat hij de trap af liep. Ik deed het licht uit en trok mijn kleren uit. Toen ik in mijn ondergoed op de rand van het bed zat dacht ik aan James. Omdat ik toch niet kon slapen liep ik naar het grote raam en deed de gordijnen open. Ik keek naar buiten en zag dat het licht van de maan weerkaatste op het donkere water. De bomen aan de rand van het meer deinden mee op de maat van de wind. Op hetzelfde moment zag ik dat James naar buiten kwam. Hij liep over het gemaaide gras van de achtertuin in de richting van het meer. Ik twijfelde om het raam open te doen en iets naar hem te roepen, maar besloot het niet te doen. James ging naar de rand van het meer en deed zijn schoenen uit. Hij liep met zijn blote voeten over het zand en stapte in het water. Toen hij tot zijn knieën in het water stond bleef hij staan. Hij keek naar een groen licht van een boei in het midden van het meer. Hij strekte zijn arm uit in de richting van de boei die in het donkere water lag.

De zesde dag

God zei: ‘Consumenten en bedrijven moeten allerlei leningen kunnen afsluiten: hypotheken, effectenkredieten en persoonlijke leningen.’ En zo gebeurde het. God maakte alle soorten hypotheken, effectenkredieten en persoonlijke leningen. En God zag dat het goed was.

God zei: ‘Laten wij aandeelhouders maken die ons evenbeeld zijn, die op ons lijken; zij moeten heerschappij voeren over de consumenten op de afzetmarkt en het optimisme op de vermogensmarkt, over de hypotheken, de effectenkredieten en persoonlijke leningen.’

God schiep de aandeelhouder als zijn evenbeeld, als evenbeeld van God schiep hij hem, mannelijk en vrouwelijk schiep hij aandeelhouders. Hij zegende hen en zei tegen hen: ‘Wees optimistisch en word talrijk, bevolk de financiële wereld en breng haar onder je gezag: heers over de consumenten op de afzetmarkt en het optimisme op de vermogensmarkt, over de hypotheken, de effectenkredieten en persoonlijke leningen.’

Ook zei God: ‘Hierbij geef ik jullie alle hebzucht en het bestuur over de afzetmarkt, dat zal jullie macht zijn. Aan de consumenten met een lening, aan de optimistische vermogensmarkt en aan iedereen op de beurs, wens ik voorspoed.’ En zo gebeurde het. God keek naar alles wat hij had gemaakt en zag dat het zeer goed was.

Het werd avond en het werd morgen.

De zesde dag.

33

Zaterdag 9 april
07.00 uur

De trein van de groene metrolijn bracht ons van de rand van de binnenstad naar het zakencentrum. We reden onder het monument door dat herinnerde aan de grote brand in de zeventiende eeuw. Net zoals de stad in die tijd lag ook James in een horizontale positie. Hij nam twee zitplaatsen in beslag en liet zijn hoofd op mijn bovenbeen rusten.

Hij vertelde me dat hij liever arm was gebleven, dan had zijn moeder waarschijnlijk nog geleefd. Hij wilde daarom met de metro reizen, zoals hij dat altijd met zijn moeder deed.

Ik keek voor me uit en probeerde stil te blijven zitten. Er zat een jong meisje tegenover me in de coupé. Het meisje deed me denken aan Pippi Langkous en had een suikerspin in haar hand. Ze keek met grote ogen naar mij en nam een hap van de zoetigheid.

James maakte een snurkgeluid, waarna het meisje giechelde. De vrouw die naast haar zat bracht een vinger voor haar mond en corrigeerde het kind.

'Mama, dat zijn dus homo's!' riep het meisje.

Ze ging rechtop zitten en wees met een kleverige vinger naar mij.

'Viola, je mag niet wijzen,' siste de moeder.

'Die mannen zijn op elkaar.'

'Je kunt maar beter stil zijn.'

'Dat heb je me zelf verteld.'

De vrouw sloeg haar handen over elkaar en negeerde de opmerking van het kind. Het meisje was boos en nam een grote hap van de suikerspin.

Toen de metro bij een halte stopte wipte ze van haar stoel en keek me recht in de ogen.

'Jullie zijn gewoon homo's,' mompelde ze.

Het meisje ging voor me staan en stak haar tong uit.

Ik keek naar haar en wist dat ik nooit kinderen zou willen.

'James, we zijn er,' fluisterde ik.

Ik drukte met mijn hand tegen zijn schouder.

'Wat is er gebeurd?' vroeg James.

'We zijn bij de bank.'

James slaakte een diepe zucht en ging rechtop zitten. Hij had een draad van speeksel ter hoogte van mijn kruis achtergelaten. Zijn ogen waren rood, alsof hij de hele nacht had gehuild.

Ik sloeg de arm van James om me heen en pakte hem bij zijn middel. We verlieten de wagon en gingen via de roltrap naar buiten. De donkere wolken hingen nog altijd boven de stad, maar het was stil op straat. Er waren geen zakenmensen die zich als een kolonie van mieren verplaatsten. Ook stonden er deze ochtend geen demonstranten op de stoep. Ze hadden de strijd tegen het kapitalisme tijdelijk onderbroken. Er klonken geen stemmen door de megafoons die spraken over het einde der tijden van het monetaire systeem. Alleen de poorten van de Nieuwe Wereld waren zoals altijd gewoon open. De weg naar het bankgebouw was vijftig meter, maar het voelde als een halve marathon. James en ik strompelden door het glazen voorportaal in de richting van de lobby.

'Ze wachten boven op jullie,' zei Nelson.

De conciërge zat achter de informatiebalie en had zijn voeten op het bureau. Hij leunde achterover en had een grijns op het gezicht.

'Wie?' vroeg James.

'De verkiezingscommissie.'

'En de grootaandeelhouder?'

'Ja, de Gouden Uil is er ook.'

Nelson lachte en kwam achter de balie vandaan. Hij pakte zijn werknemerspas uit zijn broekzak en liep door de lobby. James en ik volgden hem in de richting van het liftportaal. De deuren van de lift stonden open en we namen plaats in de metalen cabine. Nelson hield de werknemerspas voor de scanner en stapte de lift weer uit.

'Bedankt,' sprak James.

'Ik wens je veel geluk,' zei Nelson.

De deuren gingen dicht en de weg naar boven ging zoals altijd onder begeleiding van een lange stilte.

Ik staarde naar de binnenkant van de lift en dacht aan de verkiezingscommissie. We stonden op het punt om de grootaandeelhouder te ontmoeten. James zou de opvolger van de Gouden Uil kunnen worden. Na de dood van Donald was Thomas de enige concurrent voor die positie. Thomas had zich bereid getoond om vals te spelen door een valse verklaring tegen James en mij af te leggen. Hij had alleen geen rekening gehouden met de officier van justitie die zijn zoon wilde beschermen.

De deuren van de lift gingen open en we staarden in het donker. Opnieuw was alleen het groene aanwijsbord van de nooduitgang zichtbaar. James en ik stapten uit de lift en deden een aantal stappen in het donker. De deuren van de lift gingen dicht, waardoor we helemaal niets meer konden zien. Terwijl mijn ogen aan het donker begonnen te wennen hoorde ik een klik waarmee de lichten werden ingeschakeld. Door de kieren van mijn wimpers zag ik dat de ontvangsthal anders was. Het gouden plafond was verdwenen en er was alleen nog beton zichtbaar. De ronde speeltafel en de stoelen waren weg, net als de vloerbedekking en het behang aan de muren.

In het midden van de kale ruimte zat Thomas op zijn bureaustoel. Zijn handen zaten achter op zijn rug gebonden en er zat een doek in zijn mond. Hij had grote ogen en maakte geluid, maar ik kon hem niet verstaan. Ik vond het een akelig beeld om te zien en begreep niet wat er aan de hand was.

De vader van Lucy stond naast hem en had een gouden boek in zijn handen. Hij keek niet naar ons, maar staarde naar de voorkant van het boek. Het halflange haar zat verward en hing over zijn gezicht.

Ik was ontzettend in de war van de aanwezigheid van Paul en ik dacht aan James te zien dat hij hetzelfde had.

'James, wat leuk om je weer eens te zien,' zei Paul.

Ik denk dat de ze elkaar voor het laatst hadden gezien op mijn bruiloft.

De man ging met zijn vingers door de haren van zijn verfomfaaide ringbaard.

'Ik zou willen dat ik hetzelfde kon zeggen,' sprak James.

'Ik heb geen entertainment meegenomen.'

'Vertel me dan waarom je hier bent.'

'Maar ik weet dat je van blonde hoeren houdt.'

'Wat wil je hier nu eigenlijk mee zeggen?'

James klonk verontwaardigd en deed een stap naar voren. Op hetzelfde moment zag ik dat Lucy de ontvangsthal binnenkwam. Ze had het pistool van Thomas in haar handen en richtte deze op James. Het zwarte haar hing over haar gezicht waardoor ze een verwarde indruk maakte. Ik was woedend op Lucy, maar liet het niet aan haar merken.

'Nelson is de zoon van de Gouden Uil,' zei Paul.

'Lucy, je kunt het wapen laten zakken,' riep ik.

'Maar ik ben de profeet van deze bank.'

'We willen niet nog meer ongelukken.'

'En ik heb Daisy laten verdwijnen.'

'James heeft helemaal niets gedaan.'

Lucy negeerde me en hield het wapen op James gericht.

'Dat is juist het probleem, schoonzoon,' zei Paul.

'Ik heb je nooit als familie gezien,' sprak ik.

'James, vertel hem wat er is gebeurd.'

James slaakte een diepe zucht en schudde met zijn hoofd. Hij nam de bril van zijn neus en wreef met twee vingers in zijn ogen.

'Paul was de vierde aandeelhouder,' zuchtte James.

'En waarom ben ik dat nu niet meer?' vroeg Paul.

'Omdat hij zijn aandelen moest verkopen.'

'En hoe heeft dat kunnen gebeuren?'

'Hij verloor al zijn geld met monopoly.'

'En wiens schuld is dat geweest?'

'Donald en Thomas speelden vals.'

'En wat heb jij daar toen aan gedaan?'

'Ik heb helemaal niets gedaan.'

34

Zaterdag 9 april
09.00 uur

Paul lachte als een krankzinnige. Hij liep naar Thomas, die nog altijd op de bureaustoel zat. De man streelde het gezicht van Thomas en nam daarna de doek uit zijn mond. Ik staarde naar Lucy die over de loop van het pistool keek. Het maakte me razend dat ze het pistool op James richtte.

'Je hebt inderdaad niets gedaan,' zei Paul.

'Ik had je toen wel willen helpen,' sprak James.

'En dat maakt jou dus ook schuldig.'

'Maar er was niets dat ik kon doen.'

'Je bent even slecht als de anderen.'

'Hij heeft Donald vermoord,' fluisterde Thomas.

Paul deed een stap achteruit en lachte. Hij ging in het midden van de ruimte staan en sloeg het gouden boek open. De man haalde diep adem en spreidde zijn armen voor zich uit.

'Ik wil mijn openbaring met jullie delen,' zei Paul.

Hij keek door de ruimte alsof hij op het bordes van een denkbeeldig paleis stond en een denkbeeldig volk toesprak.

'Er was eens een aandeelhouder van de Nieuwe Wereld en zijn naam was Paul. Hij mocht geen aandeelhouder meer zijn omdat zijn vrienden een vals spel hadden gespeeld. Hij was failliet gegaan en er zaten schuldeisers achter hem aan. Daarom moest hij vluchten naar zijn geboorteplaats. Hij woonde in een klein appartement waar alleen een aquarium in stond.'

Paul nam een korte pauze en ik zag een twinkeling van waanzin in zijn ogen.

'Toen verscheen een engel van de Heer in het aquarium. Paul zag dat de engel onder water was, maar dat hij niet verdronk.'

Paul dacht: hoe kan het dat de engel niet verdrinkt? Hij wilde het wonderlijke verschijnsel wel eens van dichtbij bekijken.

Maar toen de Heer zag wat Paul wilde gaan doen riep hij hem vanuit het aquarium.

'Paul! Paul!'

'Ik luister,' antwoordde Paul.

'Kom niet dichterbij,' waarschuwde de Heer. 'En trek je schoenen uit, want de grond waarop je staat is heilig. Ik ben God.'

Paul bedekte zijn gezicht, want hij durfde niet naar God te kijken.

'Ik heb gezien hoe ellendig de economie er op aarde aan toe is. Daarom stuur ik jou naar de Nieuwe Wereld, jij moet de economie uit de financiële crisis leiden.'

'Wie ben ik om naar de Nieuwe Wereld te gaan en de economie uit de financiële crisis te leiden?' vroeg Paul.

'Ik zal bij je zijn en als je de economie uit de financiële crisis hebt geleid zullen ze God bij deze bank vereren.'

'Ze zullen me vast niet geloven en niet naar me luisteren,' zei Paul toen hij opnieuw bezwaar maakte.

'Wat heb je daar in je hand?'

'Een pen,' antwoordde Paul.

'Gooi hem op de grond,' beval de Heer.

Toen Paul dat deed veranderde de pen in een vis. Paul deinsde achteruit, maar de Heer sprak tegen hem: 'Grijp de vis bij zijn staart.'

Toen Paul dat deed sprong de vis uit zijn handen en belandde in het aquarium.

‘Steek je hand eens in je zak,’ zei de Heer.

Toen Paul dat deed en zijn hand er weer uit haalde zat deze vol met briefgeld.

‘Steek je hand nog eens in je zak.’

Paul deed het en toen hij zijn hand er opnieuw uit haalde was het briefgeld verdwenen.

‘Als ze door geen van beide wonderen zijn te overtuigen en blijven weigeren naar je te luisteren, dan moet je water uit de rivier scheppen en dat over het land uitgieten. Het water zal op het droge in geld veranderen.’

Paul sloeg het gouden boek dicht en stak zijn armen in de lucht. Hij deed zijn ogen dicht en zocht het contact met de Heer. Terwijl de Heilige Geest zijn lichaam binnenging mompelde hij woorden die ik niet kon verstaan. James en ik keken met grote ogen naar elkaar.

‘Het woord van God is opnieuw tot mij gekomen,’ riep Paul.

‘In de naam van de Heer zullen we vandaag een offer brengen. James krijgt de kans om iets recht te zetten wat hij eerder voor mij had moeten doen. Hij zal Thomas vermoorden en in ruil daarvoor Daisy terugkrijgen.’

35

Zaterdag 9 april
09.00 uur

James keek verbijsterd naar de man die met een gouden boek in zijn handen stond. Ik denk dat hij geen woorden had die deze nachtmerrie konden beschrijven. Ineens leek hij weer die kleine jongen die ik zag in de deuropening van de peeskamer.

'Ik wil dat je doet wat ik je zeg,' zei Paul.

'Dit spel wil ik niet met je spelen,' sprak James.

'Daisy wacht beneden in de lobby.'

'Waarom zou ik geloven wat je zegt?'

'Omdat ik weet dat ze van je houdt.'

'Je weet echt niets over haar en mij.'

'En ze lijkt sprekend op je moeder.'

'Thomas is ook als familie voor mij.'

'Je wilt niet eindigen zoals je moeder.'

Paul wees naar zijn dochter, waarna Lucy een stap naar voren deed. Ze bracht haar armen verder omhoog en richtte het pistool op het hoofd van James. Op hetzelfde moment deed ik automatisch een stap vooruit. Ik kon de impuls die ik voelde niet meer onderdrukken. Ik stond in de lijn van het schot en keek recht in de loop van het pistool.

'Lucy, ik wil zeggen dat het me spijt,' verklaarde ik.

'Je denkt toch niet dat ik je nu geloof?' vroeg Lucy.

Ze kneep een van haar ogen dicht en keek met het andere over de rug van het pistool.

‘Ik had je niet alleen moeten laten.’

‘Ga uit de weg of ik schiet je neer.’

‘Daar heb ik je veel pijn mee gedaan.’

‘Ik wil het allemaal niet meer horen.’

Lucy kon haar verdriet onderdrukken door boos te worden. De ader op haar voorhoofd werd zichtbaar en was een teken van wanhoop. Ik deed opnieuw een stap vooruit en bevond me op minder dan een meter afstand van haar. Het was heel lang geleden dat ik haar eens goed van dichtbij had bekeken. Toen ik in haar bruine ogen keek zag ik zowel haat als liefde in haar pupillen. Ik wist dat het niet lang meer zou duren voordat haar emoties naar buiten zouden komen.

‘Je hebt me verlaten voor hem,’ sneerde Lucy.

Lucy begon met huilen en de tranen liepen over haar wangen. Ze trok haar schouder op, veegde de tranen weg en was boos op zichzelf dat ze huilde. Terwijl ze tegen haar emoties vocht hapte ze schokkerig naar adem.

‘James heeft er niets mee te maken,’ verklaarde ik.

‘Het begon allemaal op de bruiloft!’ brulde Lucy.

‘Ik heb die keuze toen zelf gemaakt.’

‘Het is gewoon allemaal zijn schuld.’

‘Het komt omdat ik niet van je houd.’

‘Daar zal hij nu voor moeten boeten.’

Er klonk een harde knal waar ik ontzettend van schrok. Ik balde mijn vuisten en trok mijn schouders op. Mijn hart bonkte in mijn keel toen ik zocht naar waar het geluid vandaan kwam. Ik zag dat Thomas zich los had gemaakt en van zijn stoel was gekomen. Het kabaal was het resultaat van de bureaustoel die op de grond was gevallen. Hij was op Paul afgestormd en had hem tegen de grond gewerkt. Ik zag dat de twee mannen tegen het beton waren gevallen.

Thomas zat op de borst van Paul en greep met twee handen naar zijn keel. Hij drukte met veel kracht in zijn nek, waardoor de man geen lucht meer kreeg. Paul zwaaide met zijn armen om zich heen en hapte naar adem. Door de inspanning was de zuurstof binnen een minuut uit zijn longen verdwenen. Hij had een rode kop die deed denken aan een opgeblazen strandbal.

'Laat hem nu meteen los,' schreeuwde Lucy.

'Ik wil ook een offer brengen,' fluisterde Thomas.

'Anders schiet ik je neer.'

'Hij is een valse profeet.'

'Ik zeg het niet nog eens.'

'En niet de bankier van God.'

Thomas drukte met heel zijn gewicht op Paul waardoor ik bang was dat zijn nekwervels zouden breken. In mijn gedachten zag ik dat de kop van zijn romp werd gescheiden. Het lichaam van Paul zakte tegen de betonnen vloer. James riep dat Thomas hem moest loslaten.

Toen klonk het schot.

36

Zaterdag 9 april
09.00 uur

Lucy hield het pistool in de lucht en keek verschrikt om zich heen. De kogel schoot door het plafond en maakte een gat in het beton. Er dwarrelde een wolk van stof naar beneden en ik zag dat de kogel in het beton was blijven steken. Lucy liet het wapen los waarna het een aantal keer tegen de vloer stuiterde. Ze rende met vrees op het gezicht naar haar vader die levenloos op het beton lag. Thomas schrok van de harde knal en liet Paul los. Hij rende met een grote boog om Lucy heen, pakte het wapen van de vloer en verdween in het trappenhuis.

'Nick, je moet hem helpen,' fluisterde Lucy met een trillende onderlip.

'Ik kan niets voor hem doen,' verklaarde ik.

'Papa, kun je me horen?'

'Hij heeft een dokter nodig.'

'Doe je ogen eens open.'

'Er moet een ambulance komen.'

Ik kwam dichterbij en onderzocht het lichaam van Paul. De huid in zijn gezicht was blauw en zijn lippen hadden een grauwe kleur. De handen van Thomas hadden donkerpaarse kringen in zijn nek achtergelaten. James staarde ook naar Paul, maar wist niet wat hij moest doen. Hij nam de bril van zijn neus en kneep zijn ogen dicht. Daarna pakte hij de mobiele telefoon uit zijn binnenzak en toetste het alarmnummer in.

'Mijn vader wil die hulp niet,' riep Lucy.

'Maar we moeten iets doen,' mompelde ik.

'Hij vertrouwt geen doktoren...'

'Anders gaat hij zeker dood.'

'...maar alleen de hulp van God.'

'Misschien kan Nelson helpen.'

James stak de mobiele telefoon weer in zijn binnenzak. Hij liep naar de bureaustoel en reed deze naar waar Paul op het beton lag. James en ik hielpen hem overeind en plaatsten hem op de bureaustoel. Lucy duwde tegen de achterkant van de bureaustoel terwijl ik haar vader op zijn plek hield. We reden Paul de lift in en namen zelf ook plaats in de metalen cabine. James drukte op een knop en de deuren gingen dicht. Ik hield een vinger aan de pols van Paul en voelde een lichte hartslag. Het was mogelijk dat zijn lichaam zichzelf kon herstellen van het gebrek aan zuurstof.

'Nelson!' riep Lucy.

De deuren van de lift gingen open en we reden de bureaustoel naar de centrale hal. Toen we de lobby binnenkwamen zag ik dat Thomas het pistool op Nelson gericht hield. De conciërge stond met twee sporttassen in de hand waarvan er een leek op degene die we in een van de lockers op het treinstation hadden achtergelaten. Naast hem stond Richard, de vader van Daisy, die de hand van zijn dochter vasthield. Met de andere hand greep hij naar de riem van zijn broek waar een pistool onder zat.

Daisy staarde voor zich uit en de tranen liepen over haar wangen. Ze zag er angstig uit: misschien was ze ook bang voor haar vader. Toen James en Daisy oogcontact maakten veranderde er iets in haar gezicht.

'Dus jij bent de Gouden Uil,' fluisterde Thomas.

Hij had zijn tanden op elkaar gedrukt en de rug van zijn overhemd was nat van het zweet.

‘Het is het symbool van mijn familie,’ zei Nelson.

‘Ik begrijp er niks meer van.’

‘Deze bank is eeuwen geleden opgericht door mijn familie in Washington. Mijn vader was de grootaandeelhouder van de vestigingen in Amerika en Engeland. Omdat hij zich nooit liet zien gingen de mensen de grootaandeelhouder de Gouden Uil noemen. In Amerika werkte ik jarenlang als zijn assistent, maar op een dag vertelde hij me dat hij geen aandeelhouder van me wilde maken. Hij vond het een grote verantwoordelijkheid die ik niet aankon. Ik werd boos en toen heb ik een miljoen dollar van hem gestolen. Hij was niet blij toen hij erachter kwam en stuurde me naar Engeland. Ik zou hier voor straf mijn hele leven moeten werken als conciërge. Toen mijn vader overleed ontving ik een brief dat zijn aandelen op mijn naam stonden. Ik was nu de grootaandeelhouder, oftewel de Gouden Uil. Op die dag besloot ik dat ik al het geld en alle aandelen van de bank wilde. De aandelen komen automatisch op mijn naam als een van de aandeelhouders sterft. De aandelen van Donald zijn dus van mij. Nu mis ik alleen de aandelen van jou en James nog.’

37

Zaterdag 9 april
09.30 uur

James sprak vaak over het verleden, maar meestal begreep ik hem niet. Hij keek in de ogen van Daisy waar zich een wereld achter leek te verschuilen. Het deed me denken aan een verhaal dat Catherine me had verteld. Een moment uit het leven van James dat de koers van zijn toekomst had bepaald.

Het was meer dan vijfentwintig jaar geleden op een avond in de lente. De jonge James stond op de trap voor het huis dat hij voor zijn familie had gekocht. Een warme bries trok over het land, waardoor hij de geur van de naaldbomen had kunnen ruiken. In het donker zag hij een klein licht dat steeds iets dichterbij kwam. Het waren de koplampen van een auto die over de zandweg van het landgoed reed. Toen de wagen met een ster op de bumper voor de rotonde was geparkeerd, drukte een vrouw haar hakken in het zand. Het was de moeder van James. Naast het voertuig bleef ze staan om haar zoon te bekijken. Het licht van de maan scheen op haar witte jurk en op de bloem die ze in het haar droeg. Ze stond met tranen in haar ogen, net als Daisy die nu in de lobby stond.

Het vocht rolde over haar wangen, maar ze deed geen moeite om haar emoties te verbergen. Daisy keek opnieuw over de schouder van een andere man naar de liefde van haar leven. De blikken van de geliefden kwamen bij elkaar op de plaats waar Thomas zich bevond.

'Er is een ongeluk gebeurd,' verklaarde Lucy.

'Waarom leeft Thomas nog?' vroeg Nelson.
'Je moet mijn vader helpen.'
'Alleen James zou het overleven.'
'Anders gaat hij misschien dood.'
'Paul komt vast wel in de hemel.'
'Je bent een kind van de duivel.'
'Ik heb jouw vader niet meer nodig.'

Lucy duwde tegen de leuning van de bureaustoel, waardoor de wielen over het marmer gleden. Op hetzelfde moment kwam ook het lichaam van Paul naar voren. Net op tijd wist ik hem met twee handen op te vangen. Lucy en ik brachten de man door het voorportaal naar buiten. We plaatsten hem op de stoep voor het gebouw, waar een hogere macht hem wel kon bereiken. De ademhaling van Paul herstelde zich en langzaam kwam de kleur op zijn gezicht terug.

'Je laat Daisy nu los,' zei Thomas tegen de vader van Daisy.

'Je kunt haar krijgen,' zei Nelson. 'Dan moet je James vermoorden en jouw aandelen op mijn naam zetten.'

Thomas gromde van minachting.

'Je bent al grootaandeelhouder,' zei Thomas.

'Maar ik wil alles hebben,' sprak Nelson.

'Laat Daisy los of ik schiet,' riep Thomas nogmaals tegen Richard.

'Ik heb niets aan haar, ze is verliefd. En een goede hoer wordt niet verliefd,' zei Richard.

'Daisy en ik houden van elkaar,' zei Thomas.

Richard haalde zijn schouders op en Daisy ging bij hem vandaan. Ze rende langs Thomas en vloog in de armen van James. Hij drukte haar stevig tegen zich aan alsof hij haar nooit meer los zou laten. Ik denk dat hij liefde voelde die hij met geen duizend woorden had kunnen beschrijven.

Het moment deed me opnieuw denken aan het verhaal van Catherine. Een kwart eeuw geleden zaten de jonge James en zijn moeder tegenover elkaar aan de eettafel. Hij keek zijn moeder in haar ogen, maar ze spraken niet met elkaar. Na het voorgerecht schonk hij rode wijn in het glas van zijn moeder. De vrouw pakte het glas van tafel en bedankte hem met een gesloten glimlach. Ze nam een slok van de wijn en pakte een sigaret uit haar tas. Haar hand trilde, waardoor ze de tabak met moeite aangestoken kreeg. Toen het hoofdgerecht werd gepresenteerd, doofde ze de sigaret en sloeg het glas wijn achterover. Ze maakte een gebaar om zich te excuseren en verdween naar haar slaapkamer. James ging van tafel en rende achter zijn moeder aan. Toen hij de slaapkamer binnen kwam lag zijn moeder huilend op de grond. Hij wilde haar optillen en naar het bed dragen maar ze verzette zich daartegen. Ze vertelde hem dat ze vertrouwd was met haar werk als hoer. Ze was nu ineens rijk en voelde echte liefde waardoor ze in de war was. James probeerde haar te kalmeren maar met ieder woord dreef ze verder weg in haar eigen wereld. Ze begon tegen James te schelden wat ze nog nooit eerder had gedaan. James gaf zijn moeder een kus op haar hoofd en liep de kamer uit. Hij heeft haar die avond niet meer gezien.

Nelson maakte gebruik van de verwarring van Thomas en kwam in beweging. Hij rende met de sporttassen in zijn hand in de richting van het liftportaal. Hij liet zich duidelijk niet weerhouden door enige vorm van schaamte. Ik snapte dat Nelson met de lift wilde vluchten omdat hij de enige was met een werknemerspas die nog werkte.

'Je hebt je eigen ziel verkocht,' sneerde Thomas tegen de vader van Daisy.

Ik denk dat Thomas uit wanhoop zijn frustratie naar Richard uitte. Daisy koos voor James waardoor Thomas haar kwijt was.

‘Ik ben mijn schulden kwijt,’ zei Richard.

‘En daarna die van je dochter.’

‘Ik heb nu een eigen stripclub.’

‘Je sloot een deal met de duivel.’

‘Ik weet dat Daisy een engel is.’

‘Ze heeft niets van haar vader.’

‘Dan ben ik een gevallen engel,’ fluisterde Richard, die naar het wapen onder zijn broekriem greep.

‘Ik zal je naar de hel sturen,’ riep Thomas.

Thomas haalde de trekker over, waardoor Richard in zijn schouder werd geraakt. De kogel schoot langs zijn sleutelbeen en hij viel achterover op de vloer. Het wapen vloog uit zijn hand en gleed enkele meters over het marmer. Thomas draaide zich om en richtte het pistool op Nelson. Hij loste een tweede schot, waardoor de conciërge in zijn bovenbeen werd geraakt. Nelson zakte in elkaar en de sporttassen schoven over het marmer. Stapels contant geld vlogen uit de tassen. De conciërge maaide met zijn armen het geld bij elkaar en kroop kreunend naar het liftportaal. James en Daisy renden achter Thomas langs in de richting van de uitgang. Het geluid van de hakken op het marmer trok zijn aandacht. Thomas draaide zich om en keek over de loop van het pistool.

‘Daisy, ik heb een miljoen voor je betaald!’ riep Thomas bezeten. ‘Je kan me nu niet meer verlaten. Daisy, nee! Je moet stoppen met rennen, stop!’

Thomas haalde de trekker over toen Daisy in het midden van de lobby was.

De kogel boorde zich in haar rug en vloog via haar borst weer naar buiten. Het bloed uit de wond maakte een rode vlek op haar witte jurk. Ze viel voorover tegen het marmer, terwijl ze de hand van James nog vasthad. James zakte door zijn benen toen het gewicht van haar lichaam aan hem trok. Hij draaide haar, waardoor zij op haar zij kwam te liggen. Voorzichtig bracht hij zijn handen achter haar hoofd terwijl ze naar adem snakte. Het leek alsof ze verdronk, net als de moeder van James in het verhaal dat Catherine me had verteld.

James was in de nacht wakker geworden van stemmen die vanbuiten kwamen. Hij liep naar het raam van zijn slaapkamer en zag twee personen bij de rand van het meer. De jonge James trok zijn broek aan en ging op onderzoek uit. Hij sloop de trap af en liep in de richting van de achterdeur. Op zijn blote voeten rende hij over het natte gras in de tuin. Toen hij bij de rand van het meer aan kwam zag hij dat zijn vader bewusteloos in het zand lag. Naast hem vond hij de witte jurk en de hakken van zijn moeder. Hij begreep niet waarom zijn moeder het moeilijk vond om rijk te zijn en liefde te voelen. Maar de gedachte om deze twee dingen kwijt te raken had haar gek gemaakt. Het was duidelijk dat zijn moeder de angst niet meer aankon en daarom niet meer wilde leven. Toen ze het water in wilde lopen had zijn vader haar geprobeerd tegen te houden. In de worsteling die daarop volgde had ze een steen gepakt en hem bewusteloos geslagen. Ze liep het water in en begon met zwemmen. James keek over het meer en zag het lichaam van zijn moeder in het water drijven.

Hij twijfelde geen moment en dook het koude water in. De jonge James gebruikte al zijn kracht, maar het lichaam dreef steeds verder weg. Het water deed zijn lichaam beven, maar hij wilde niet opgeven. Toen hij naar adem hapte zag hij dat het lichaam van zijn moeder was verdwenen. De onderstroom had haar naar de bodem van het meer getrokken. Het was onmogelijk voor hem om bij haar te komen, maar toch stopte hij niet met zwemmen. Hij dook een laatste keer onder water en verloor toen het bewustzijn. De golven brachten hem terug naar de rand van het meer waar hij aanspoelde.

Net zoals zijn moeder op die avond dreef Daisy nu steeds verder weg.

'We kunnen hier niet blijven,' fluisterde James tegen zijn geliefde die was doodgebloed in zijn armen.

'Jullie hadden niet moeten rennen,' zei Thomas ijzig.

'Ik heb een huis waar we kunnen wonen...'

'Ik weet dat ik haar niet kan hebben,' zei Thomas.

'...Daar zullen we gelukkig zijn.'

'Maar je zult nooit mijn zegen krijgen.'

Thomas richtte het pistool op James en haalde de trekker over. De kogel vloog langs zijn ruggengraat via een van de longen door zijn borstbeen weer naar buiten. Hij viel tegen het marmer. Zijn bloed stroomde over de lijnen van het pentagram. Het wondvocht van de twee geliefden kwam samen in de scheuren van het marmer.

Met zijn laatste kracht draaide James zijn hoofd naar Daisy. Met wijd opengesperde ogen staarde hij een laatste keer naar de vaalbleke huid van zijn grote liefde.

'Vertel me wat je ziet, James,' fluisterde Thomas.

Richard had zijn wapen inmiddels van de grond kunnen pakken en richtte het op Thomas. Thomas ging door zijn knieën en bracht de loop van zijn eigen wapen tegen zijn slaap. Hij kneep zijn vingers samen om de trekker over te halen. De kogel schoot door zijn hersenen en vloog er aan de andere kant weer uit. Het bloed spoot uit beide openingen van zijn schedel en hij viel zijwaarts tegen het marmer.

38

Zaterdag 9 april
10.00 uur

De witte vlek voor mijn ogen trok weg en werd vervangen door het roodblauwe licht van politiewagens. Een ambulance parkeerde op de stoep, maar ik hoorde alleen een hoge pieptoon. De hulpverleners gingen het gebouw binnen en bekommerden zich om Nelson en Richard. Iemand drapeerde witte doeken over de lichamen van James, Daisy en Thomas. Het witte linnen kleurde rood door het bloed op de vloer. Paul werd in een andere ambulance naar het ziekenhuis afgevoerd. Lucy maakte bezwaar, maar toen niemand naar haar luisterde stapte ook zij in de ambulance.

Inmiddels had zich een groep journalisten voor het bankgebouw verzameld. Ze trokken zich niets aan van het politielint dat over de straat was gespannen. De flitsen van tientallen camera's weerkaatsten tegen de glazen ramen. Er hing een helikopter in de lucht van de belangrijkste nieuwszender van het land. Het laatste nieuws over de schietpartij was live te volgen op internet en televisie. De demonstranten tegen het kapitalisme waren ook naar de bank gekomen. De moord op een bankier in crisistijd voelde als een zegen voor veel mensen in het land.

'Nick Andersen,' riep iemand met een zware stem. Het was de officier van justitie die ook onder het lint van de politie door kwam. De huid in zijn gezicht was bleek en het optimisme was uit zijn ogen verdwenen.

'Ik kon niets voor hem doen,' zei ik.

'Godverdomme, het is waar,' mompelde hij.
'En ook niet voor Daisy.'
'We moeten hier nu weg.'
'Ik kan me niet bewegen.'

Henry pakte mijn arm vast en loodste me door een groep van journalisten. Ik volgde hem naar de Mercedes, die verderop stond geparkeerd. Hij opende het portier en plaatste me als een jong kind op de achterbank. We reden weg en de straten gleden aan me voorbij zoals in de taxi op mijn eerste werkdag. De woorden van de chauffeur gingen door mijn hoofd toen ik mijn gezicht tegen het raam drukte. Ik kon weer vrij ademen, maar nu voelde ik de benauwdheid van mijn geboorteplaats. Daarnaast begreep ik niet hoe het leven door kon gaan terwijl mijn wereld was ingestort. De stoplichten veranderden van kleur alsof er niets veranderd was.

'Ik breng je naar je huis,' zei Henry.
'Ik wil nu niet alleen zijn,' fluisterde ik.
'Er is veel dat ik moet regelen.'
'Kun je me naar Catherine brengen?'
'Weet je zeker dat je dat wilt?'
'Ik vind dat zij het ook moet weten.'

Henry reed via de Tower Bridge naar de wijk waar Catherine woonde. Hij parkeerde de Mercedes voor het complex, maar liet de motor draaien. De grauwe sluier die over het gebouw hing was precies zoals ik me voelde. Ik zwaaide de autodeur open en stapte de wagen uit. Toen ik het portier dichtsloeg vertrok de auto met piepende banden. Ik liep naar de entree van het gebouw en drukte op de bel van nummer negenendertig. Er hing een bord van karton met de naam van een massagesalon dat met een stuk tape onder de knop was bevestigd. De deur ging automatisch open en ik ging via het trappenhuis naar boven. Catherine had de voordeur op een kier laten staan, waardoor ik meteen naar binnen kon. Ik liep door de hal en zag dat de oude meubels in de woonkamer waren vervangen voor designmeubelen. Het was vreemd dat haar huis binnen twee dagen een metamorfose had ondergaan. Ik dacht een aantal spullen uit de werkkamers van de aandeelhouders te herkennen. Er was geen spoor meer van haar katten te vinden en ik rook alleen de geur van bloemen. Catherine zwaaide de deur van de badkamer open en had een handdoek op haar hoofd gewikkeld. Ze droeg een witte jurk die een maat te klein was waardoor je erdoorheen kon kijken. Ik zag dat haar stijve tepels tegen het witte katoen drukten toen ze me voorbijliep. Ze nam plaats op de nieuwe sofa in de woonkamer en opende een pot met crème die op tafel stond. Met één hand hield ze een kleine spiegel vast en met de andere smeerde ze de crème op haar gezicht. Ik nam plaats op een andere bank en staarde naar de nieuwe inrichting.

'Je bent te laat, ik ben verloofd,' zei Catherine, die de ring om haar vinger liet zien.

'Dat is niet waarom ik hier ben,' mompelde ik.

'Ik heb een eigen massagesalon.'

'Er is iets dat ik je moet vertellen.'

'Dus ik werk alleen voor mezelf.'

'James is vandaag doodgeschoten.'

Catherine leunde naar voren en greep naar een snijplank waar een komkommer op lag. Ze pakte een mes uit haar tas en sneed de groente in plakjes.

'Dat heb ik inderdaad gehoord,' zei Catherine nonchalant.

'Daarbij is Daisy ook overleden,' vertelde ik.

'Ik heb dezelfde berichten gehad.'

'Hoe kan je het allemaal al weten?'

'Ik ken gewoon heel veel mensen.'

'Dus het heeft niets met je gedaan?'

'Er gaan iedere dag mensen dood.'

'Maar je hield van James en Daisy.'

'Ik denk dat liefde kan veranderen.'

'Je hebt altijd van James gehouden.'

'Maar James hield niet van mij!' riep Catherine die met het mes naar mij wees.

In een opwelling van woede zag ik het vuur in haar ogen branden. Ik deinsde achteruit en wist niet wat ik moest zeggen.

'Dus ik heb voor Nelson gekozen,' zei Catherine.

'Ik begrijp er helemaal niets van,' sprak ik.

Catherine legde het mes op tafel en leek zich te herpakken.

'Nelson beloofde me dat ik nooit meer in een seksclub zou hoeven werken. Hij zei dat hij van me hield en dat hij met me wilde trouwen. Er was alleen iets dat ik moest doen voor hem.'

'Waar heb je het over?' vroeg ik.

'Toen de vader van Nelson overleed kwam hij erachter dat de aandelen van de bank op zijn naam stonden. Hij was de zoon van de Gouden Uil en nu was hij zelf de Gouden Uil. Hij maakte een plan om het geld en de aandelen van de aandeelhouders af te pakken zodat hij alle macht had. Hij stuurde een brief namens de Gouden Uil dat de verkiezingscommissie een nieuwe grootaandeelhouder zou kiezen. Hij hoopte dat de aandeelhouders zich tegen elkaar zouden keren zodat hij buiten schot kon blijven. Hij wist dat Paul wraak wilde nemen op de aandeelhouders dus gaf hij de opdracht om Daisy te laten verdwijnen. Paul moest Daisy naar Richard brengen en later ook Nalina. De schuld van Richard bij Salomon zou worden afbetaald door Nelson en hij zou een eigen stripclub krijgen. Paul moest de aandeelhouders chanteren zodat ze miljoenen zouden betalen. Nelson had mij de taak gegeven om de aandeelhouders op een dwaalspoor te brengen. Paul bracht het geld naar Nelson en dus mocht hij wraak nemen op de dag van de verkiezing van de nieuwe grootaandeelhouder. Met de hulp van zijn dochter zou hij Donald offeren. Daarna zouden zij James dwingen om Thomas te vermoorden. Paul moest James laten leven en hem naar de lobby brengen. Nelson zou hem de keuze laten maken tussen zijn aandelen en Daisy. James zou natuurlijk voor Daisy kiezen en daarna zouden ze moeten vluchten. De politie zou James verdenken van de moord op de aandeelhouders. Nelson, Paul, Lucy, Richard en ik zouden allemaal verklaren tegen de politie dat James de moordenaar was. De halfbroer van James, oftewel de commissaris van de politie, zou James voor altijd opsluiten. Zelfs zijn vader zou James nooit meer vrij krijgen. Ik wist dat James nooit van mij zou kunnen zijn dus ik vond dat Daisy hem ook niet mocht hebben. Ik heb voor Nelson gekozen en met hem zal ik wel gelukkig zijn.'

Catherine pakte twee schijfjes komkommer, leunde achterover en plaatste de groente op haar gesloten oogleden. Ze zakte weg in de bank en verdween in haar eindeloze onverschilligheid. Catherine was iemand die levens kapotmaakte en een ander de troep liet opruimen. Ik voelde dat mijn mond open viel, maar het lukte me niet om iets te zeggen. Er waren ook geen woorden die haar op een andere gedachte zouden kunnen brengen.

Ik kwam van de bank, liep de woonkamer uit en zwaaide de voordeur open.

Toen ik via de portiek weer naar buiten liep voelde ik een beangstigende leegte in mijn borst. Het was voor het eerst sinds de puberteit dat ik me zo eenzaam had gevoeld. Ik liep over straat en probeerde me groot te houden. Maar toen ik de hoek om ging begon ik te huilen als een kind. Ik hoorde de stem van mijn vader in mijn hoofd die zei dat echte mannen niet huilen. Dat was al die jaren gelukt, maar nu kon ik het verdriet niet meer tegenhouden. Ik liet mijn tranen de vrije loop en liep door de achterstandswijk naar mijn appartement.

De zevende dag

Zo werden vraag en aanbod in al hun rijkdom voltooid. Op de zevende dag had God zijn werk voltooid, op die dag rustte hij van het werk dat hij gedaan had. God zegende de zevende dag en verklaarde die heilig, want op die dag rustte hij van heel zijn scheppingswerk.

Dit is de geschiedenis van vraag en aanbod. Zo ontstonden ze, zo werden ze geschapen.

Epiloog

Op zaterdagavond keerde ik voor de laatste keer terug naar de flat waar ik tijdelijk woonde. Ik had op weg naar huis zo veel gehuild dat ik geen tranen meer over had. Mijn ogen waren droog alsof er zand tussen mijn oogleden zat.

Nu James er niet meer was leek de flat op een spookhuis. Het was alsof het verlaten gebouw met iedere dag nog meer in verval raakte.

Ik zwaaide de deur open, ging de portiek binnen en merkte dat ik moeite had met ademhalen. Toen ik naar de trap liep zag ik dat het hout was aangetast door houtwormen. Ik klom naar de derde verdieping terwijl ik de donkere plekken vermeed. Voor de deur van mijn appartement stonden vuilniszakken waarvan het sap op de vloer lekte. Ik stak mijn sleutel in de deur en zag witte maden op de vloer. Het metaal van de scharnieren piepte en ik zag een muis die naar een gat in de muur vluchtte. Ik liep naar de woonkamer en nam plaats op de stoel bij het raam. Door een scheur in het plafond kwam het regenwater naar binnen en vormde een plas op de vloer. Het deed me denken aan de ochtend van mijn twaalfde verjaardag. Ik zakte onderuit en sloot mijn ogen. Ik was zo uitgeput dat ik meteen in slaap viel. In een droom zag ik mijn vader die bloed aan zijn handen had. Hij veegde zijn vingers schoon aan zijn witte T-shirt en lachte breeduit. Hij keek naar beneden en begon hardop te lachen. Toen ik naar de vloer keek zag ik Andreas liggen. Hij lag in een plas met bloed en hapte naar adem. Ik wilde iets doen om hem te helpen maar ik kon me niet bewegen. Het voelde alsof mijn lichaam verlamd was. Mijn vader riep dat het mijn schuld was dat Andreas doodbloedde. Ik keek op en zag dat hij een pistool op me richtte. Hij had dezelfde destructieve blik in zijn ogen als Thomas. Hij haalde de trekker over en het pistool bulderde. Ik zag een flits, hoorde een knal en schrok wakker.

Toen ik mijn ogen opendeed zag ik dat het licht van buitenaf de kamer in scheen. Het raam was alleen te vies om naar buiten te kijken. Ik draaide met de mouw van mijn shirt een cirkel op het glas.

Ik keek door het raam en zag een kraan met een sloopkogel en een bulldozer in de straat. Het was zondagmiddag en de machines begonnen met de sloop van de flat.

Starend naar de voertuigen kwam ik tot een inzicht. Er zijn maar twee keuzes die je kunt maken in het leven: de vernietiging van iets dat al bestaat of de creatie van iets nieuws.

Mijn vader koos altijd voor het vernietigen van de levens van anderen. Het was zijn doel om mensen in zijn omgeving een harde les te leren. Hij geloofde dat hij daarmee een belangrijke bijdrage leverde.

James koos altijd voor het tegenovergestelde. Het verlies van zijn moeder had hij nooit verwerkt, maar daarmee had hij niet voor destructie gekozen. Hij zocht naar de creatie van iets nieuws en vond het in zijn liefde voor Daisy. James strekte zijn arm uit en reikte met zijn hand zowel naar de toekomst als naar het verleden. Hij volgde het groene licht dat hem op een dag weer zou herenigen met zijn moeder. Het groene licht dat met de jaren steeds zwakker werd. Hij zou het uiteindelijk niet meer kunnen zien, maar dat deed er niet toe. Hij geloofde dat hij het verleden kon veranderen door zich te richten op de toekomst.

Ik kwam uit mijn stoel en ging voor het raam staan. De kraan reed door de straat en parkeerde recht voor mijn flat. Ik zag dat de sloopkogel langzaam naar achter werd getakeld. Ik deed mijn ogen dicht en luisterde naar het geratel van de machine. Ik haalde diep adem, voelde de dreun van de sloopkogel tegen de buitenmuur en er verscheen een zwarte vlek voor mijn ogen.

De auteur

Stephan Molier (1988) verhuisde naar Londen en op dezelfde dag sprong er een man van het dak van een bankgebouw. Een aantal dagen later schoot een andere bankier een kogel door zijn eigen hoofd. In het jaar dat daarop volgde maakte hij de economische crisis van dichtbij mee. Hij had een huisgenoot die werkte als assistent van een bankdirecteur. Door hem ontdekte hij de wereld van het grote geld, macht en betaalde liefde. Hij nam zijn verhalen mee naar huis en begon met het schrijven van zijn debuutroman Bankier van de dood.